俄罗斯儿童文学经典作品

尼基塔的童年

名作名译版

[俄罗斯]阿·托尔斯泰 著　曾思艺 译

中原出版传媒集团
中原传媒股份公司

海燕出版社

图书在版编目（CIP）数据

尼基塔的童年 ／（俄罗斯）阿·托尔斯泰著；曾思艺译 . — 郑州：海燕出版社，2018.4（2018.9重印）
（俄罗斯儿童文学经典作品）
ISBN 978-7-5350-7472-0

I.①尼… Ⅱ.①阿… ②曾… Ⅲ.①儿童小说－长篇小说－俄罗斯－现代 Ⅳ.① I512.84

中国版本图书馆 CIP 数据核字 (2017) 第 327005 号

策划编辑：王茂森
责任编辑：王茂森
责任校对：李培勇　张志生
封面设计：王金磊
插　图：付　月　马燕峰

出版发行：海燕出版社
社址：河南省郑州市北林路 16 号（邮编：450008）
电话：0371-63834455
网址：http://www.haiyan.com

印刷：郑州市毛庄印刷厂
开本：700 mm×1000 mm 1/16
印张：10
字数：120 千字
版次：2018 年 4 月第 1 版
印次：2018 年 9 月第 2 次印刷
定价：20.00 元

童心的天地　人性的世界

　　《尼基塔的童年》是俄罗斯现代著名作家阿·托尔斯泰（1883—1945）创作于1919～1920年的一部杰作。其时，阿·托尔斯泰因对十月革命不满，已流亡法国巴黎多年，十分想念祖国俄罗斯和自己的家乡。他把自己的思念之情进行艺术加工，通过艺术想象使之变成这部优美动人的中篇自传体小说。小说主要描写了俄罗斯男孩尼基塔从九岁到十岁这一年的经历及所见所闻所感。

　　在这部小说中，阿·托尔斯泰善于从平凡的日常生活中发现自然和生活的诗意和美，并且写得优美动人，富于诗意，饱含情感，生动活泼，非常出色地描写了童心的天地、人性的世界。

　　儿童的世界是一个新奇的世界，这里的一切都有着生命，有着感情，甚至有着思想。尼基塔对一切都充满好奇心，一切在他的眼里都像人一样有着活的生命，如："马车棚，板棚，牲口棚，都戴着白绒绒的雪帽子，矮矮墩墩的，就像长进了雪里

似的。"即便是春天夜间的大雨,也不仅有着生命,而且富有感情:"夜间的雨声妙不可言。'睡吧,睡吧,睡吧,'——它性急地沙沙敲打着玻璃。"一切,不仅有着生命,富有情感,甚至还能像人一样思考问题,如《最后一个晚上》中猫儿的思考。

儿童的世界也是一个极其新鲜的世界,一切都像第一次见到那样充满惊奇。如:"随着木飞轮的转动,一条总是滚不完的皮带啪啪地响着,飞快地转进像房子那么大的红色脱粒机。"这里描写的是尼基塔眼中的脱粒机,那随着木飞轮不停地转来转去的皮带,就像有无穷无尽长,竟然总是滚不完!这生动形象地表现了儿童第一次见到脱粒机皮带转动的惊奇。春天的第一群鸟儿飞来了,尼基塔觉得:"这群鸟儿就像是从湿蒙蒙、黏糊糊的风里钻出来的,就像是被那些乱云带过来的。"初春刚到,雨水连绵,一切都湿乎乎的,因此,尼基塔看到的鸟儿也像第一次见到那样,仿佛是从湿蒙蒙、黏糊糊的风里钻出来的,是被那些乱云带过来的。

儿童的世界也是一个富于想象的世界。儿童的想象包括梦和幻想。梦,最能体现儿童的自由奔放的想象,所以这部小说里多次写到尼基塔的梦:梦见飞起来、座钟和铜瓶,梦见野人,以及结尾梦见把信还给莉莉娅。如果说梦是儿童睡着的时候无意识的自由想象,那么,幻想则是他们醒着的时候有感而发放飞的想象。小说一再写到尼基塔的幻想。做算术题的时候,他由习题中的商人展开想象的翅膀;和莉莉娅分别后,他独自一人在父亲的书房里,更是浮想联翩。

儿童的世界还充满了细致的观察和诗意的美。尼基塔对大自然一年四季景物的观察,对热尔图希恩等的观察,都非常细致。

小说中诗意的美,首先表现在大自然春夏秋冬,一年四季各有各的美景。其次，表现为主人公尼基塔的诗意感受。第一，形象的感受。如："湿乎乎的风狂吹了整整三天，把积雪都给吃掉了"，这里写的是春天来了，暖风劲吹，积雪都融化了，但作家却把这暖风拟人化了，让它把积雪给吃掉了，这就比直说暖风吹融了积雪形象生动多了；又如："大沟渠把一块又宽又大的水布罩在塘里黄糊糊的积雪上"，春雨后塘里的雪还没有融化，春水冲进来灌满了池塘，清澈透明的春水在塘里的积雪上清晰可见，就像给积雪蒙上了一层透明的罩布，当然小说中指明这一罩布是"水布"，显得新颖生动，符合儿童的新奇想象和创造力。第二，直觉式的感受。这是一种难以分析甚至不合逻辑的整体感受，是一种直观感受，显得新奇而生动，如："南方乌云的裂口间，露出了一块亮灿灿的蓝天，但马上以惊人的速度飞过了庄园"，蓝天竟然能飞过庄园！这充分体现了孩子观察事物的直观。实际上，这是指乌云不断移动，裂口间的蓝天不断随之显露，就像蓝天在飞动。又如："蓝幽幽的傍晚，倒映在一个个蒙着一层薄冰的水洼里"，这里也是儿童的直观感受，把天空和夜晚浑融成一体了，本来应该是：傍晚蓝幽幽的天空，在结了一层薄冰的一个个水洼里反映出来。再如："整个天空，轰隆一声，就倾泻下来。"经过长久干旱后夏天的大雷雨，随着一声巨雷，铺天盖地的瓢泼大雨倾盆而降，气势凶猛，雨量很大，但小说以儿童的直觉式感受表现出来，既相当简短有力，又特别新奇生动——黑压压、唰啦啦的天空倾泻下来。第三，细腻的美好感觉。如：尼基塔和莉莉娅冒险取出宝石戒指后，把它送给莉莉娅，莉莉娅吻了他，他沉浸在甜蜜的兴奋之中，心情无比激动，突然之间，他成了诗人。这种美好的感觉，是很难用言语表述出来的，但是作家却以生花妙笔，形象生动地把它展示在我们的

眼前。

　　这部小说还给我们展示了一个人性的世界。

　　人性的世界首先是一个人与人之间相互平等的世界。尽管尼基塔是贵族子弟，但他丝毫没有贵族子弟的优越感，他的朋友绝大多数都是农民和农民的孩子，他跟他们一起玩耍、做游戏，甚至一起度过节日。他的父亲、母亲，也没有贵族的优越感和老爷、太太的大架子。他们一家对家里的雇工、仆人都非常友善，人与人之间是一种平等的关系。甚至，在圣诞节里，全村的孩子都到尼基塔家里来过节，大家一起唱歌、跳舞，而且每个人都得到了一份礼物。

　　人性的世界也是一个充满关心与爱的世界。小说更多地写了尼基塔一家三口之间相互的关心与爱，尤其是写了尼基塔的父母对他的爱。尼基塔深深地爱着自己的父母，他为自己过分沉溺于对莉莉娅的离愁别绪中不能自拔而痛苦，祈求上帝帮助他走出困境，重新听妈妈的话，得到妈妈的爱。当他得知父亲掉进河里时，像"兔子一样尖叫了一声"，并且"感到眼前一片黑暗"。母亲无微不至地关心着他的生活（包括冬天到屋外去要戴保护耳朵的围巾帽），对他的学习要求很严格，同时也给他一定的自由，让他到大自然中去，到村里的孩子们那里去，获得他童年的欢乐。父亲的爱，则表现为培养孩子的独立生活能力，让他学会骑马，去邮局取信，参加劳动（打麦子），带他游泳、远出逛集市。

　　人性的世界还是一个重视人的品质的世界。小说集中描写了作为男孩子，必须具有的两种品质。一种是勇敢，这是将来走入生活，面对自然和社会的重重困难，必不可少的首要品质。通过"会战"和尼基塔学骑马等事件，作家很好地表现了这一点。如在"会战"中，尼基塔正是凭借自己的勇敢，打败了人人害怕的斯捷普卡，并且获得了他的友谊。当公牛巴扬朝维克多猛冲过来，眼看就要踩到他身上的时候，又是勇敢使尼基塔挺身而出，取下帽子打走了公牛，救出了维克多，同时也以自己的勇敢获得了高傲矜持的莉莉娅的好感。另一种品质是自立。这通过尼基塔父母关于他在十岁时该不该学骑马这件事表现出来。母亲太爱孩子，生怕他这么小力气不够，骑马摔成了重伤，而父亲则认为一个男孩子到十岁，最重要的是自立，通过骑马，既能锻炼孩子的勇敢，更能培养他的自立精神。经过长时间的争论，父亲获得了胜利。

人性的世界还是一个对自然万物富于同情、充满关爱的世界。人，毕竟生活在自然之中。人与自然万物必须共同生存：一荣俱荣，一损俱损。因此，人必须放下已有的错误观念——人是"宇宙的精华，万物的灵长"，主宰自然万物，对自然的一切操生杀大权，甚至滥捕滥杀，铺张浪费，暴殄天物，而应该对自然万物富于同情、充满关爱。小说在这方面也有出色的描写。尼基塔热爱大自然的一切，对花草树木、自然美景，十分喜爱，甚至对寒冬腊月里孤苦伶仃的风，都充满了同情之心，而八哥热尔图希恩的喂养，最能体现尼基塔对自然的关爱。

值得一提的是，这部小说虽然只是一部仅仅十几万字的中篇小说，而且是一部描写儿童生活的小说，但它的一些人物写得很有立体感，这也可算是人性世界的一个特色吧。最有立体感的人物，是尼基塔的父亲。他开朗乐观，健康好动，爱妻子儿子，富于同情心（救马），对孩子的教育有正确的观念（自立自强、熟悉生活、了解劳动）。与此同时，他又富于幻想，甚至常常沉溺于一些不切实际的幻想之中，如把青蛙喂肥，腌制起来，送到法国巴黎去卖。他还酷爱购物，尤其是喜欢买一些中意的或希奇的东西，而不管自己家里的经济情况如何，也不管这些东西有用没用，

他的口头禅是："我非常碰巧买到了十分便宜的东西"，仿佛他乱花钱还捡了个便宜似的。尽管他有这么一些缺点，但在小说中他的优点更多，是一位十分可爱的人物，也是我们在生活中常常见到的一类人物。此外，米什卡也颇有立体感：一方面他很有组织才能，聪明能干，另一方面，他又有点吹牛，到关键时候胆怯得临阵逃跑。莉莉娅一方面美丽非凡，天真活泼，富于同情心和激情，另一方面又比较高傲，甚至有点冷漠。

此外，小说还善于在琐琐碎碎、平淡无奇的日常生活中，写出富于转折和动作性的故事，并且，写出了人的性格乃至生活的哲理。如"会战"把生活中毫不起眼的一场乡村孩子打群架的小小事件，以生花妙笔写得跌宕起伏，引人入胜。而且，还写出了人物的性格：米什卡的善于组织、鼓动及临阵胆怯，斯捷普卡的勇猛与憨直，尼基塔的勇敢和越是危险越有斗志。更写出了生活的哲理：临危不惧，勇敢面对，沉着应战，总能取得应有的成绩；许多事情，耳听是虚（如斯捷普卡的拳头），眼见为实，不能盲目相信各种传说之言。又如尼基塔的父亲回家，再简单不过的一段短短的回家路程，竟被作家写得一波三折，惊心动魄！而且，还写出了一匹通人性的马，也写出了父亲性格的另一面：心地善良，对动物充满了爱。在某种程度上也阐明了这样一个生活哲理：人与人、人与动物之间，是彼此依存、互相关联的，应该互相帮助，才能相处和谐，共渡生活中的各种难关。

曾思艺

2015 年 8 月 31 日

目　录

阳光灿烂的早晨

尼基塔一觉醒来，长吁一口气，睁开了双眼。透过玻璃窗户上寒气凝成的种种冰花花纹，透过那些神异地描画出来的银灿灿的星星和手掌形的叶簇，闪闪的阳光照了进来。屋子里的阳光白晃晃的。洗脸盆反射出一大块光斑，在墙上滑来滑去，颤个不停。

尼基塔一睁开双眼，马上就记起了昨天晚上木匠帕霍姆对他说的话："我这就给它涂上牛粪，再好好地浇上水，你明早一起来——就可以坐上它，到外面走一走啦。"

昨天傍晚，帕霍姆，这个只有一只眼睛、满脸麻子的农夫，熬不过尼基塔的一再请求，给他做了一辆滑雪车。滑雪车是这样做的：

在停放马车的车棚里，在木工台上，在相互缠绕、香气浓郁的一圈圈刨花堆中，帕霍姆刨好两块木板和四条小木腿；滑雪车下面的那块木板，前面削得鼻子那样微微上翘，以免它插入雪里被卡住；木腿的底部削得尖尖的；上面那块木板，每边凿出两个凹槽，用来揳住木腿，以便坐得平平稳稳。下面那块木板底部，涂满了牛粪，并且在严寒中三次给它浇水，——这样浇三次冻三次之后，它就像镜子一样光滑了。上面那块木板，绑上一根绳子——用它来拖动滑雪车，当它滑下山坡时，也可以控制方向。

当然啦，这会儿滑雪车早已做好了，就放在台阶旁。"如果我答应了人家什么事情，"帕霍姆常常这样说，"那就像法律一样，铁定办得成。"他就是这么种人。

尼基塔坐在床边上，凝神细听——整栋房子里都静悄悄的，看来，应该还没有一个人起床。假如他飞快穿好衣服，当然不洗脸也不刷牙啦，那他就必定能从后门溜进院子里了。而从院子里——马上就可以来到河上，那儿陡峭峭的河岸上，风吹集了一个个高高的雪堆——从那里坐上滑雪车，就飞了起来……

尼基塔从床上溜下来，踮着脚尖，跑过地板上被太阳晒得暖乎乎的一个个方块……

就在这时，门吱呀一声打开了一点，朝着屋里伸进一个脑袋，他戴着一副眼镜，长着两道突出的棕红眉毛和一撮油光光的棕红胡子。这个脑袋眨了眨眼睛，说："起床了吗，你这调皮鬼？"

阿尔卡季·伊万诺维奇

这个长着棕红色胡子的人就是尼基塔的家庭教师阿尔卡季·伊万诺维奇，他昨天晚上就已暗中摸清了一切，因此今天早晨故意早些起床。

这个阿尔卡季·伊万诺维奇是一个非常机灵也很有心计的人。他笑微微地走进尼基塔的屋里，站在窗户旁边，对着玻璃哈气，等到玻璃变得晶明透亮，他便整一整眼镜，朝院子里望去。

"啊，台阶旁放着，"他说，"一辆多漂亮的滑雪车呀！"

尼基塔一声不吭，紧皱双眉。他只得穿好衣服，接着就去刷牙，并且不只是洗脸，连耳朵甚至脖子都洗了一遍。洗完后，阿尔卡季·伊万诺维奇便搂着尼基塔的肩膀，领着他走进餐厅。母亲穿着一身灰扑扑、暖乎乎的衣裙，早已坐在桌子旁守着茶炉了。她捧住尼基塔的脸蛋，用清亮亮的眼睛望着尼基塔的眼睛，然后吻一吻他："睡得好吗，尼基塔？"

然后她伸出一只手递给阿尔卡季·伊万诺维奇，亲切地问道："您睡得怎么样啊，阿尔卡季·伊万诺维奇？"

"睡觉嘛，我倒是睡得很好。"他不知道为什么棕红的胡子上都挂满了微笑，回答道。他靠着桌子坐下，往茶里倒了点牛奶，扔了一块糖到嘴里，用白净净的牙齿咬住它，隔着眼镜片，向尼基塔眨了眨眼睛。

阿尔卡季·伊万诺维奇真是一个让人无法忍受的人：他总是寻开心，总是眨眼睛，任何时候说话都不开门见山，而总是拐弯抹角，让人心里惶惶的，想上老半天。比如说，妈妈刚才明明白白地问他："您睡得怎么样？"他却回答："睡觉嘛，我倒是睡得很好。"这句话的潜台词其实就是："可是这个尼基塔却只想躲过早餐，逃过功课，跑到河边去，而且就是这个尼基塔，昨天逃掉了德语翻译课，却在帕霍姆的木工台边足足坐了两个小时。"

阿尔卡季·伊万诺维奇从来不说尼基塔的坏话，这一点不假，可是他的话，尼基塔得时时刻刻都竖起耳朵留神细听。

吃过早餐，妈妈说夜里凉飕飕、寒浸浸的，冷得厉害，外屋水桶里的水都冻成冰了，又嘱咐尼基塔外出溜达时要戴上围巾帽①。

"妈妈，说实话，热烘烘的，太热了。"

"我求你了，戴上围巾帽吧。"

"那它一定会刺得我满脸痒酥酥的，憋得我心里闷乎乎的，妈妈，我戴上围巾帽只会感冒得更厉害呢。"

妈妈默默地看看阿尔卡季·伊万诺维奇，又看看尼基塔，等她再说话时，声音都有点颤抖了："我真不知道，你跟谁学得这么不听话了。"

"我们上课去吧，"阿尔卡季·伊万诺维奇说着，毅然站了起来，急火火地搓着双手，好像这世上再也没有比让你昏昏欲睡地做算术题、听写谚语和俗语更快乐的事情了。

在那间宽绰绰、空荡荡、白洁洁的屋子里，墙上挂着一张绘有两个半球的地图，尼基塔坐在桌子旁，桌面上斑斑点点到处都是墨水痕迹，并且乱画着一张张小脸。阿尔卡季·伊万诺维奇打开了算术习题集。

"唔，"他神采奕奕地说，"我们上次学到哪里了？"他用一支削得尖尖的铅笔在一道算术题上标出记号。

"一个商人卖出若干俄尺蓝色呢绒，每俄尺三卢布六十四戈比，又卖出一些黑色呢绒……"尼基塔读着。倏然间，又像往常那样，这个算术书里的商人在他的脑海中浮现出来。他穿着一件满是灰尘的长长常礼服，长着一张黄蜡蜡、阴沉沉的脸儿，闷闷不乐，单调呆板，憔悴不堪。他那个小店铺黑洞洞的，就像一个地下洞穴；那灰塌塌的平坦货架上，放着两块呢绒；商人伸出一双瘦筋筋的手，从货架上把布拿下来，用昏蒙蒙、呆痴痴的眼睛

———————————
① 围巾帽有两条长长的帽耳，既可当帽子，又可作围巾。

望着尼基塔。

"喂，你到底在想什么呀，尼基塔？"阿尔卡季·伊万诺维奇问道，"这个商人一共卖出十八俄尺呢绒。蓝色呢绒和黑色呢绒各卖出多少？"

尼基塔皱了皱眉头，商人整个儿被砸得粉碎，那两块呢绒也钻进墙里，卷入尘埃……

阿尔卡季·伊万诺维奇感叹道："唉，唉！"于是，他开始讲解，用铅笔飞快地写出几个数字，把它们乘完了又除，嘴里不断念念有词："进一，进二。"尼基塔感到，在他做乘法的时候——"进一"或者"进二"，这两个玩意儿便从纸上唰地飞跳进他的脑里，在那里挠痒痒，让他牢牢记住它们。这真叫人很不愉快。而太阳在教室那两扇结满冰花的窗户上，一闪一闪地发着光，诱惑他："我们一起到河上去啊！"

算术课终于上完了，听写又开始了。阿尔卡季·伊万诺维奇挨着墙边，走过来走过去，用一种从来也没有人说过的极度昏昏欲睡的声音，开始念叨："……大地上所有的生物，都经常劳动，工作。学生是听话的，勤奋的……"

尼基塔吐出舌尖，挥笔疾书，那支笔吱吱作响，墨水四溅。

忽然，房子里有扇门砰地一响，并且听见冰冻的毡靴在走廊上橐橐行走的声音。阿尔卡季·伊万诺维奇放下书本，侧耳细听。妈妈那喜盈盈的声音在不远的地方响玲玲的："您带回信件了吗？"

尼基塔把头整个儿埋在练习册里——以便强忍住不笑出声来。

"听话的，勤奋的，"阿尔卡季·伊万诺维奇好像唱歌似的拖长声音重复道。

"'勤奋的'我已经写好了。"

阿尔卡季·伊万诺维奇扶一扶眼镜："那么，大地上所有的生物，都是听话的，勤奋的……你笑什么？……弄上墨点子了吗？……最好，我们现在还是休息一会儿吧。"

阿尔卡季·伊万诺维奇闭紧嘴唇，用像铅笔一样长长的手指威吓了一下，就一阵风似的从教室里走了出去。他在走廊里问尼基塔的妈妈："亚历山德拉·列

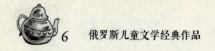

昂季耶芙娜，有没有我的信？"

　　尼基塔猜想，他准是在等着谁的来信。不过，时间可是一点也浪费不得。尼基塔穿上短皮外衣、毡靴，戴上帽子，把围巾帽塞进抽屉柜，好让人看不到它，就跑了出去，来到了台阶上。

雪　堆

　　宽阔的院子里，到处都铺上了一层白莹莹、软柔柔、亮闪闪的细雪。雪上深深的行人脚印和密密麻麻的狗蹄痕，发着蓝幽幽的光。空气冷森森、清凛凛的，使劲拧疼他的鼻子，像针一样刺痛他的双颊。马车棚，板棚①，牲口棚，都戴着白绒绒的雪帽子，矮矮墩墩的，就像长进了雪地里似的。雪橇的滑铁划出的两道痕迹，就像划玻璃那样，从台阶边笔直穿过整个院子而去。

　　尼基塔踏着白雪咯吱作响的一级级台阶，从台阶上往下飞跑。台阶下面放着一辆新簇簇的松木滑雪车，带着一卷已经搓好的韧皮绳子。尼基塔上上下下、前前后后细细打量着——它做得结结实实，他试了一试——它滑得轻轻快快。他把滑雪车背到背上，抓起一把小铲子，心想也许用得着它，便顺着绕花园的路，向河堤上跑去。那里矗立着一棵棵树干粗大、树冠很宽、高得几乎挨着蓝天的柳树，全身披着一层厚厚的冰霜——每一根枝条就像是用雪做成的一样。

　　尼基塔转向右边，朝河边走去，尽量踩着别人的脚印，走在大路中间，碰到还没有人走过的洁白无瑕的雪地，他就掉转身子退着走，好让阿尔卡季·伊万诺维奇蒙在鼓里。

　　恰格拉河壁陡壁陡的两岸，在这些天里，已经被风吹集了一个个毛茸茸的巨大雪堆。有些地方，雪堆以假乱真地变成了高耸河上的河岬。只要一站到这样的河岬上，它就立即喊咔一声裂开，往下崩落，整个雪山就在雪尘飞扬而成的一片云雾里轰然倒塌下去。

---

①一种宽大而不舒适的房间。

右边，恰格拉河在白茫茫、荒漠漠的田野里，像一条青蒙蒙的影子，蛇行向前。左边，在最直壁壁的河岸上，索斯诺夫卡村的农村木屋黑簇簇的，井口的取水长吊杆高高地直立着。一股股蓝云云的炊烟，从屋顶上高高升起，又慢慢消失。在那铺满白雪的陡岸上——那里被今天早晨从炉灶里掏出的灰烬污染得斑斑点点的——有许多小小的人影在移来动去，这是尼基塔的朋友们——是村子里"我们这一边"的孩子们。而再远一点，在河流拐弯的地方，隐隐约约可以看见另一群孩子，那是孔羌村的，是一些可怕的危险分子。

尼基塔抛开小铲子，把滑雪车放到雪地上，像骑马那样坐到车上，紧紧地抓住绳子，两脚蹬了两次，滑雪车就自动从山上向下飞滑。风儿在两耳旁大声呼啸，雪尘在两边升腾成云雾。唰唰下滑，不断唰唰下滑，快得就像箭一样。突然间，就在直壁壁河岸上积雪的尽头，滑雪车一下子飞驰到空中，又落到冰上滑行。它滑得越来越慢，越来越慢，最后停住不动了。

尼基塔开心地呵呵一笑，从滑雪车上下来，蹚着齐膝深的白雪，吃力地拖着滑雪车往山上走。他刚气喘吁吁地爬到岸上，就在不远处白茫茫的田野里，看见了阿尔卡季·伊万诺维奇的黑色身影，看上去好像比他本人的身材高大一些。尼基塔赶忙抓起小铲子，跳上滑雪车，往下飞滑，并且顺着冰层，飞快地滑向那一群雪堆，它们像河岬那样低垂在河面上。

尼基塔爬到雪岬的顶子下面，马上开始挖一个大洞。这个工作可真是太容易了——小铲子这么一挥，雪就切掉了一大块。挖好这个大洞，尼基塔就钻进洞内，并把滑雪车拖进里面，然后开始从里面用雪团塞住洞口。小小雪墙堵住了洞口，洞里到处泛着蓝幽幽的蒙蒙光亮——舒适极了，畅快极了。

尼基塔坐了下来，心想：无论哪个孩子都没有这么妙不可言的一辆滑雪车呀！他掏出一把小折刀，开始在上面那层木板上刻上一个名字——维耶维特。

"尼基塔！你躲到哪里去了？"他听见阿尔卡季·伊万诺维奇的喊声。尼基塔把小折刀塞进口袋里，从雪团之间的小小缝隙里往外张望。阿尔卡季·伊万诺维奇站在下面的冰上，抬头四处寻望："你在哪里，你这调皮鬼？"

阿尔卡季·伊万诺维奇扶一扶眼镜，向雪洞这边走来，但他马上就陷进齐腰深的雪里："快走出来，反正我会把你从那里拖出来的。"

尼基塔一声不吭。阿尔卡季·伊万诺维奇试着往上爬，可是又陷进了雪里，他把双手插进口袋里，说道："你如果不想出来，那就别出来算啦。就待在里面吧。可有这么一件事——妈妈接到了一封从萨马拉①寄来的信……好吧，再见了，我走了……"

"什么信？"尼基塔问道。

"啊哈，原来你到底还是在这儿。"

"告诉我呀，是谁寄来的信？"

"是一封告诉我们有人要来过节的信。"

洞顶的雪团立即开始飞了起来，尼基塔的脑袋从雪洞里伸了出来。阿尔卡季·伊万诺维奇喜滋滋地笑了起来。

---

①俄罗斯伏尔加河中游的一个城市，萨马拉州首府，地处森林草原带和草原带，始建于1586年，1688年建市。在二战期间曾被作为苏联的"战时首都"。1935—1991年改名"古比雪夫"；1935年前称"萨马拉"，1991年恢复。

神　秘　的　信

　　在吃中饭的时候，母亲终于把这封信念给他们听了。信是父亲写来的。

　　"亲爱的沙莎，我已经买好了礼物，那是我们早已决定送给一个小男孩的，在我看来，他不见得值得赠送这么好的东西。"阿尔卡季·伊万诺维奇听到这几句话，就开始怪模怪样地眨眼睛。"这件东西特别大，因此得多派一辆大马车来运它。还有这么一个新消息——安娜·阿波罗索芙娜·巴布金娜打算带着孩子们来我们家过节……"

　　"再下面就让人乏味了，"妈妈说，并且对于尼基塔提出的所有问题，她都闭上眼睛，摇摇头说，"我什么也不知道。"

　　阿尔卡季·伊万诺维奇也闷声不响，两手一摊："我什么也不知道。"可是总体看来，阿尔卡季·伊万诺维奇这一整天都格外乐滋滋的，回答什么总是牛头不对马嘴，并且不时从口袋里掏出一封短信来，叽里咕噜地念上几行，连嘴角都笑盈盈的。显而易见的是，他也有自己的秘密。

　　暮霭纷飞的时候，尼基塔穿过院子，跑向雇工们住的下房，那里两扇结了冰的小窗子把灯光投射到浅紫色的白雪上。雇工们正在屋子里吃晚饭。尼基塔吹了三次口哨。过了一会儿，他的最重要的朋友米什卡·科里亚绍诺克走了出来，穿着一双很大的毡靴，没戴帽子，匆匆披着一件短皮袄。就在这下房的屋角背后，尼基塔低声耳语着向他讲述了那封信的事情，并且问他就要从城里运来的那件东西是什么。

　　米什卡·科里亚绍诺克冷得牙齿不时捉对儿打架，说："一件大得不得了的东西，骗你的话叫我瞎眼睛。我得跑回去了，太冷了。听我说——我们明天要去打败孔羌村的那伙孩子。我们一块儿去，好吗？"

"好的。"

尼基塔回到家里，坐了下来，捧着一本《无头骑士》①读起来。

妈妈和阿尔卡季·伊万诺维奇都在那盏大吊灯下，坐在圆桌旁看着书。一只蟋蟀在火炉后边的小块木头堆里，唧唧唧唧地叫着。隔壁黑黢黢屋里地板上的木板，不时轻轻发出劈啪的干裂声。

无头骑士在北美的草原上飞驰，深深的青草啪啪地击打着他，一轮红晕晕的月亮升起在湖上。尼基塔感到，自己后脑勺的头发阵阵发紧。他小心翼翼地回过头去——一个灰苍苍的影子在黑沉沉的窗户上一闪而过。说实话，他清清楚楚看见了它。

妈妈从书本上抬起头来，说："夜间起了风，暴风雪就要来了。"

---

①这是19世纪英国作家马因·里德（1818—1883）的一部长篇惊险小说：年轻勇敢的驯马者莫里斯与种植园主的女儿路易莎热恋，路易莎的表哥对他们的爱情十分嫉妒，试图谋杀莫里斯，结果误杀了表弟，便嫁祸于莫里斯。经过一番曲折，无头骑士被杀案件真相大白，凶手被捕，莫里斯与路易莎结了婚，过着幸福美满的生活。

梦

尼基塔做了一个梦，这个梦已经做过好几次了，而且总是一模一样的情景。

客厅的门轻微微、静悄悄地开了。镶木地板上闪烁着窗户蓝幽幽的反光。黑蒙蒙的窗外高挂着一轮圆月——一个亮灿灿的大球。尼基塔爬到两扇窗户中间一张铺着绿呢桌布的小小牌桌上，就看到了：对面那像粉笔一样白的墙下，放着一个里面有圆圆摆锤的高高座钟，圆圆的摆锤不停地摆过来摆过去，摆过去摆过来，反射出银晃晃的月光。座钟顶的墙上，挂着一个镜框，里面画着一个叼着烟斗、样子严厉的老头儿，他的旁边是一个戴着包发帽、披着披肩的老太婆，她紧闭双唇，望着下面。从座钟到墙角这一段墙边，并排摆着几张有着宽宽花条纹的圈椅。每一张椅子的扶手都向外伸出，四条腿矮矮的就像蹲着似的。墙角里放着一张腿儿朝外弯曲的矮沙发。它们坐在那里，没有脸儿，也没有眼睛，挺胸凸肚地凝望着月亮，一动也不动。

一只猫从沙发底下爬了出来。这只猫黑溜溜、瘦兮兮的，它伸一伸懒腰，跳到沙发上面，顺着沙发向前走。它垂下尾巴，轻轻走着。它从沙发跳到一把椅子上，稍稍弯下身子，钻过一个个扶手，顺着墙边的一张张椅子往前走。走到尽头，它就一跃而起，落在镶木地板上，走到座钟前面坐了下来，后背对着窗户。摆锤在摆过来摆过去，老头儿和老太婆在严厉地望着猫儿。这时，猫儿抬起前爪像人一样立起来，一只前爪抓住座钟的座子，另一只前爪极力想使摆锤停止摆动。而座钟的座子上没有玻璃……眼看猫爪就要够着摆锤了。

哎呀，要是能喊出声来就好了！可是，尼基塔却连一根手指都无法动一下，——他的身子更是一动也不能动——这真是太可怕了，太可怕了，不幸眼看就要发生……

银晃晃的月光，在地板上照出一个个纹丝不动的长长的方块。客厅里的一切都屏息敛气，而那只猫伸长身子，低下头去，双耳往后紧贴，用前爪去抓那个摆锤。尼基塔知道，要是它的爪子碰到摆锤，摆锤就会停止不动，就在这一瞬间，一切都会劈劈啪啪爆裂，哗哗啦啦摔碎，像灰尘一样随风飘逝，无论是客厅，也无论是银晃晃的月光都将无影无踪。

尼基塔恐惧得脑海里响起了玻璃块破碎的震耳的劈里啪啦声，浑身发麻发冷，像沙子撒落那样嗦嗦地发抖……尼基塔憋足全身的力气，绝望地狂吼一声就猛扑到地板上！地板突然往下沉落。尼基塔坐了起来，四面张望。屋子里有两个结满冰花的窗户；透过玻璃可以看见一轮比往常大得多的奇异的月亮。地板上放着一个尿盆，乱扔着两只靴子。

"上帝啊！荣耀归于你，上帝啊！"尼基塔赶忙在自己的胸前画着十字，把头埋到枕头下面。这个枕头软乎乎、暖融融的，就像里面塞满了一个个美梦。

他刚一合上眼睛，就看见自己又站在那个客厅的桌子上。摆锤在银晃晃的月光下摆来摆去，老头儿和老太婆严厉地望着下面。那只猫又从沙发下钻出头来。可是尼基塔伸出双手，往桌子上一推，就使身子跳了起来，双脚飞快飞快地腾云驾雾着，远离了地板，不知是在飞翔，还是在飘浮。

在房子里飞来飞去真是特别特别爽。脚板刚一挨到地板，他就挥动双手，于是又慢慢地、轻轻地往上飞向天花板，然后，沿着四面墙壁时而上时而下地飞来飞去。他的鼻子有时紧挨着绘有雕塑装饰的房檐，那上面落满了厚厚的一层灰尘，灰乎乎、细茸茸的，散发出一种使人不舒服的味道。随后，他看见墙上有一道熟悉的裂缝，就像地图上的伏尔加河，接着，又看见一根老旧的、非常古怪的钉子，上面缠着一小段绳子，绳子上爬满了一团团死去的苍蝇。

尼基塔把脚往墙上一蹬，就慢悠悠地向房间另一边的座钟那儿飞去。在座钟的座子上面，放着一个青铜花瓶，就在这花瓶里面的瓶底上，有一件什么东西——他看不清楚。突然，尼基塔似乎听见有人在他耳边低语："把里面放着的东西拿走。"

尼基塔飞到座钟上方，把一只手伸入花瓶。可是正在这时，那个怒轰轰的老太婆从墙上的画里活生生地探出身子，用一双瘦筋筋的手抓住了他的脑袋。他挣脱出来，可是那个老头儿从后面的另一幅画中探出身子，挥起长长的烟斗，那么麻利地打在尼基塔的后背上，使他立刻飞落到地板上，哎哟叫了一声，就睁开了双眼。

灿烂的阳光透过窗户上各种冰花的花纹照进屋里，像一粒粒火星闪闪烁烁。阿尔卡季·伊万诺维奇站在床前，摇晃着尼基塔的肩膀，在喊他："起床啦，起床啦，九点钟啦。"

尼基塔头脑清醒起来，坐在床上，阿尔卡季·伊万诺维奇接二连三地眨了好几次眼，乐颠颠地使劲搓着双手："今天哪，你啊，我的小兄弟，不用上课了。"

"为什么？"

"你可以尽情尽兴东奔西跑整整两个礼拜。起来吧。"

尼基塔嘣地一跃跳下床，在暖腾腾的地板上跳起舞来。

"圣诞节①假期！"

原来他已忘记得干干净净：今天就是幸福而又长长的两个礼拜假期的第一天。尼基塔在阿尔卡季·伊万诺维奇面前跳起舞来，就马上忘记了另外一件事——那就是他做的梦，座钟上的花瓶，还有那个在他耳边低语的声音："把里面放着的东西拿走。"

---

①圣诞节是为纪念和庆祝耶稣基督诞生的基督教节日。罗马教会354年规定每年的12月25日是耶稣基督诞生的纪念日。现代的圣诞节已不仅仅是宗教节日，而且还是全世界流传最为广泛、庆祝最为隆重的世俗节日，从12月24日持续到来年的1月6日。其中12月24日称为圣诞夜（平安夜），是全家团聚、共进圣诞晚餐、互赠礼品的时刻。圣诞树是节日的必需之物，一般用小枞树或者松树，树枝上挂满装饰品、礼物、彩灯，树顶上还要有一颗明亮的星。

老　　屋

　　这整整十四天属于自己的假期，突然出现在尼基塔的面前——他能够想做什么就做什么。这甚至使他感到有点无聊了。在吃早餐的时候，他用茶、牛奶、面包和果子酱，泡成软乎乎的面包渣汤，敞开胃口大吃了一顿，结果不得不安安静静地坐了好一会儿。他凝视着茶炊上反映出来的自己的影像，久久惊讶着，自己的脸怎么会这么丑，这么长——足足有茶炊那么长。接着，他又想到，假如他拿起一个茶匙，折成两段，一段做成一只小船，另一段呢，就做成一个小小的挖子——可以这里挖挖，那里掘掘。

　　母亲终于说："尼基塔，现在真是你该出去玩玩的时候了。"尼基塔不慌不忙地穿上衣服，用一根手指顺着粉刷好的墙壁往前滑，沿着长长的走廊往前走，走廊上几个火炉烘烤出一片温暖舒适。是几间过冬的房子，烧旺火，可以住人。右边，是半空着的五间过夏的房子，正中那一间是客厅。屋里的瓷砖大火炉每个礼拜才生一次火，水晶枝形吊灯都用纱布包得严严实实的，客厅的地板上放着一大堆苹果——这栋房子过夏的这一半，到处充满了苹果那香喷喷而又略带腐烂气息的气味。

　　尼基塔吃力地打开橡木双扇门，踮着脚尖走进一间间空空荡荡的屋子。透过半圆形的窗户，可以看到被皑皑白雪盖住的花园。树木都纹丝不动地站着，白闪闪的树枝向下低垂着，阳台的楼梯两边，密丛丛的丁香树，也被厚厚的积雪压得稍稍弯腰驼背。在林中空地上清楚地现出野兔那发蓝的脚印。就在窗户旁边，一只脑袋乌黑好像魔鬼的乌鸦，站在树枝上。尼基塔用手指敲敲窗户，乌鸦侧着身子猛地一蹿，抖开翅膀飞走了，树枝上被乌鸦翅膀扫落的积雪簌簌坠地。

尼基塔走到最后那间拐角的屋子。屋里靠墙并排放着几个立柜，透过柜上的玻璃，古老书籍的硬书皮不时闪出微光。瓷砖砌成的壁炉上方，挂着一幅美得惊人的妇女的肖像。她穿着一身黑色的天鹅绒女式长骑装，戴着手套的那只手里捏着一根马鞭。她似乎正往前走，突然转过头来，带着调皮的微笑，用一双清亮亮的大眼睛直定定地望着尼基塔。

尼基塔坐到沙发上，双手握拳撑着下巴，凝神细看那个女人。他可以久久、久久地这样坐着，眼睛一眨也不眨地看着她。为了她，他的曾祖父曾经遭受过一些创巨痛深的不幸。这位倒霉的曾祖的肖像，就挂在这儿一个书柜的上方——这是一个骨瘦如柴、鼻子尖尖、眼窝深陷的老头儿；他用戴着镶宝石戒指的那只手，轻轻按住罩着长袍的胸口；他的身旁放着一沓半铺开的纸莎草①纸和一支鹅毛笔。这一切都清楚地表明，他是一个极其不幸的老头儿。

母亲说过，曾祖父通常总是白天整天睡觉，夜间读书、写文章——只在傍晚时才出去散散步。每天夜里都有巡夜人围着房子转来转去，哐啷哐啷地敲着铜锣，吓走想飞到窗下去的夜鸟，不让它们惊扰曾祖父。据说，当年花园里长满了密密丛丛的高高青草。除了这间屋子，整栋房子的门都被钉死了，没有人住。家里的仆人全溜了。曾祖父的生活真是十足的凄凄惨惨。

有一天，无论是书房里，还是花园里，所有房子里，都找不到他——找了他整整一个礼拜也不见踪影，他就这样下落不明，销声匿迹了。可是，五年以后，他的继承人接到他从西伯利亚寄来的一封神秘兮兮的信："我在智慧中觅到了宁静，在自然中寻到了忘却。"

所有这一切稀奇古怪的事情，全都是身穿女式骑装的女人这根导火索引发的。尼基塔又好奇又激动地望着她。

那只乌鸦又出现在窗外，它落在树枝上，抖落下积雪，慢慢低下头去，大张开嘴，呱呱呱呱地叫了起来。尼基塔顿时感到毛骨悚然。他吃力地离开这些空荡荡的屋子，跑到了院子里。

---

①纸莎草，是莎草科多年生水生植物，分布在热带非洲的河、湖岸边，古代埃及用它造纸。后来，这种纸曾广泛用于书写。

在 井 边

在院子正中的水井边，那里四周的积雪都被踩得黄乎乎、冰凌凌、脏兮兮的，尼基塔找到了米什卡·科里亚绍诺克。米什卡坐在水井的边沿上，正把戴在手上的连指皮手套的指尖部分浸在水里。

尼基塔问他，这样做是为什么。米什卡·科里亚绍诺克答道："孔羌村的孩子们全都把皮手套在水里浸过，我们现在也得往水里浸。手套冻硬了——打起架来管用极了！你去村子里吗？"

"什么时候呢？"

"我们这就去吃午饭，吃完饭就一块儿去。什么都不要跟母亲说。"

"妈妈准我出来，只是嘱咐我不能打架。"

"怎么，不能打架？那要是有人冲着你来找你的麻烦呢？我告诉你吧，谁会冲着你来找你的麻烦——斯捷普卡·卡尔瑙什金。他冲过来揍你一拳，你就——砰地一下倒在地上。"

"哼，这个什么斯捷普卡，我绝对打得赢他，"尼基塔说，"我伸出一根小指头就能把他放翻。"于是，他伸出手指演示给米什卡看。

科里亚绍诺克看了一眼，啐了一口唾沫，用刺耳的声音说："斯捷普卡·卡尔瑙什金的拳头是念咒语施过魔法的。上个星期，他跟父亲到乌杰夫卡村镇去买盐买鱼，就是在那里他的拳头给念咒语施了魔法，骗你的话叫我瞎眼睛。"

尼基塔沉思了一会儿——当然，最好是根本不到村子里去，可是这样的话，米什卡又会说他是怕死鬼。

"那么，他的拳头到底是怎样念咒语施过魔法的呢？"他问道。

米什卡又啐了一口唾沫，说："这还不容易嘛！首先，弄点烟煤子，涂在手上，然后说三次：'塔尼——班尼，是什么在我们下面的铁柱子下面？'这就行啦……"

尼基塔满怀敬意地看着科里亚绍诺克。就在这个时候，饲养棚的大门吱呀一声打开了，一大群绵羊从那里跑了出来，挤成密麻麻、灰乎乎的一大堆——蹄子像算盘珠一样敲得嗒嗒直响，尾巴摇个不停，羊粪蛋一粒粒往下掉落。这一大群绵羊蜂拥着围在井边。它们咩咩叫着，你挤我撞，攀上井口，用嘴巴拱破薄冰，争着喝水，呛得咳嗽。一只脏兮兮的长毛公绵羊，用它那白色的萝卜花眼睛直瞪瞪地望着米什卡，嗒嗒地跺着蹄子。米什卡对它大喊："坏东西！"——于是那只公绵羊就朝他扑了过来，不过米什卡及时跨过井口跳到了另一边。

尼基塔和米什卡在院子里跑来跑去，哈哈大笑着，逗弄着那只公绵羊。公绵羊在他们后面追来赶去，转念一想，又咩咩地叫了起来，似乎在说："你自……自……自……自……己才是坏……东……东……东……东……西呢。"

有人在后门那边喊尼基塔回去吃午饭，米什卡·科里亚绍诺克说："当心，别说话不算数，我们一块儿去村子里。"

会　　战

尼基塔和米什卡·科里亚绍诺克抄近路,穿过花园和池塘走向村子里。在风把雪吹散的一处池塘的冰上，米什卡停留了一会儿，掏出小折刀和一盒火柴，坐了下来，用鼻子大声抽气，开始在那块里面泛着白色气泡的地方，用力凿蓝闪闪的冰。这种白泡叫作"小猫"——是从池塘底冒上来的沼气，在冰里被冻成一个个水泡。米什卡凿穿那块冰，点燃一根火柴，凑近那个小孔，"小猫"突然冒出了火焰，火焰那略带黄色的无声火舌飞蹿到冰上。

"瞧，这可对谁也不能说，"米什卡说，"下个礼拜我们再到下面那个池塘去点燃那些'小猫'，我知道那里有一个——比一栋房子还要大——可以烧整整一天呢。"

两个小男孩在池塘上飞跑，吃力地钻过对岸倒伏的黄色的芦苇，走进了村子。

这年冬天，下了很多雪。院子里风儿能横冲直撞的地方，很少有积雪，可是房子两侧，逆风的地方，雪却堆得比屋檐还高。

那个无田无地、孤苦伶仃的农民——疯子萨沃西卡的小茅屋已完全给埋在雪里了，只有一个烟囱露在雪上。米什卡说，三天前全村的人都跑来了，大家用铁锹把萨沃西卡从雪底挖了出来，因为这个疯子在夜里被漫天大雪埋住的时候，却生起炉子，熬了一锅青菜汤，喝完后就爬到火炉上睡着了。大家找到他时，他正像猪一样睡在火炉上，就叫醒了他，使劲揪他的耳朵——恨他真是蠢到家了。

村子里空落落、静悄悄的，有几个烟囱在轻轻袅袅地冒着烟。一轮昏蒙蒙的太阳，把灰暗暗的光线，低低地涂在白茫茫的平原上，涂在蒙着皑皑白雪的干草堆和屋顶上。尼基塔和米什卡走到阿尔塔蒙·秋林门前。秋林是一个凶狠的庄稼汉，全村的人都怕他——他是那么强壮有力，又是那么脾气暴躁。尼基塔从小窗口往屋里张望，看到了阿尔塔蒙那像笤帚一样的棕红大胡子——他正坐在桌子旁，端着一只大木碗，大口吃着东西。从另一个小窗口，尼基塔看见三个满脸雀斑的男孩。这是阿尔塔蒙的三个儿子：谢姆卡、连卡、阿尔塔莫什卡·梅尼绍伊[①]。他们站在窗前，把鼻子紧贴在玻璃上看着外面。米什卡走近木屋，吹了一声口哨，阿尔塔蒙扭过头来，他那张大嘴还在不停地咀嚼，他举起汤匙威吓了米什卡一下。三个男孩子唰地不见了踪影。转眼间，他们就出现在台阶边，用宽腰带紧扎着短皮大衣。

"呸，你们，"米什卡把帽子往耳朵边一推，说道，"呸，你们——丫头片子！……坐在家里啦……害起怕来啦……"

"我们什么也不怕，"满脸雀斑的三人中，谢姆卡站出来说。

"爸爸不准我们把毡靴搞破了。"连卡说。

"我方才还去过一趟，喊骂过孔羌那边的人，他们理都不理。"阿尔塔莫什卡·梅尼绍伊说。

米什卡把帽子往另一边耳朵上推了推，哼了一声，斩钉截铁地说："走吧，我们打他们去。我们给他们点厉害瞧瞧。"

三个满脸雀斑的男孩答道："好啊。"于是，他们爬到横亘在街上的一个大雪堆上——从这里过了阿尔塔蒙的木屋，就是两个村子的交界处——这个村子的终点和另一个村子的起点了。

尼基塔本来以为，孔羌村的男孩们一定像蜂群那样，密密麻麻地挤满在雪堆那边，但实际上孔羌那边空荡荡、静悄悄的，只有两个小姑娘，头上裹着头巾，把一辆小雪橇拉到雪堆上，就坐在雪橇上面，穿着毡靴的脚儿前伸，用手紧紧抓住绳子，哇哇地尖声叫着，滑过在粮仓旁边的街道——接着，顺着壁陡的河岸继续下滑，落到了河面的坚冰上。

---

①梅尼绍伊在俄语中意为"更小的""最小的"，也可译为"小阿尔塔蒙"。

米什卡，还有紧跟在他后面的三个满脸雀斑的男孩和尼基塔，开始在雪堆上喊骂起来。

"呸，孔羌的家伙！"

"我们找到你们门上来啦！"

"你们都躲起来啦，你们害怕啦！"

"你们出来呀，我们要扁你们一顿！"

"出来呀，我们一只手就能打发你们，呸，孔羌的人！"

米什卡高叫着，两只戴连指手套的手掌拍得啪啪直响。

在那边的雪堆上，出现了四个孔羌村的男孩子。他们整一整帽子，用一双带着连指手套的手轻轻地抚摸一下两边的屁股，然后啪啪拍着，也高声喊骂起来。

"我们好怕你们呀！"

"我们早都吓呆了！"

"癞蛤蟆，臭癞蛤蟆，呱呱，呱呱！"

这边的雪堆上，又爬上来尼基塔的几位伙伴——阿廖什卡、尼尔、万尼卡·乔尔内·乌什，和那个无田无地、孤苦伶仃的农民萨沃西卡的侄儿——彼得鲁什卡，还有一个个子很小的小男孩，头上戴着母亲的大头巾，十字交叉地在肚子上的衣服里扎了个结，显出鼓包包的大肚子。那边的雪堆上也增加了五六个男孩。他们喊骂着。

"呸，你们，满脸麻子的，到这里来，我们要抠掉你们的麻子。"

"斜眼的铁匠们，你们只配给小老鼠的爪子钉铁掌！"米什卡·科里亚绍诺克从这边大声喊道。

"癞蛤蟆，臭癞蛤蟆！"

两边一共聚集了四十来个男孩。可是发动进攻——哪一边都不敢抢先动手，大家都心里害怕。他们相互冲着对方扔雪团，用拇指抵住鼻子向对方扇动其余四个指头以表示蔑视。那边声声高喊："癞蛤蟆，臭癞蛤蟆！"这边高喊声声："斜眼的铁匠们！"两边叫喊的都是侮辱人的话。突然间，孔羌那一群人中，走出一个个头不大、敦敦实实、长着翘鼻子的男孩子。他推开同伴，摇摇晃晃地从雪堆上冲下来，挺直身子双手叉腰，大吼一声："臭癞蛤蟆，过来呀，一个对一个，单挑！"

这就是那个拳头给念咒语施了魔法的赫赫有名的斯捷普卡·卡尔瑙什金。

孔羌那边的一群孩子一齐把帽子扔向空中，齐声吹起刺耳的口哨。尼基塔这边的孩子们却鸦雀无声。尼基塔回过头去看了看。三个满脸雀斑的孩子双眉紧皱地木然站着。阿廖什卡和万尼卡·乔尔内·乌什在悄悄往后挪动，蒙着妈妈头巾的那个很小的孩子，用一双圆睁睁的眼睛瞪着卡尔瑙什金，差点儿就要放声大哭起来，米什卡·科里亚绍诺克呢，下意识地抻拉着肚子下边的宽腰带，嘴里嘟嘟囔囔着："比这个更厉害的我都撂倒过，这个——也算不上没有见过的稀罕事。我只是不喜欢先动手，可是——他要是把我惹翻了，我非得给他点厉害瞧瞧——打得他帽子都飞到两沙绳①外去。"

斯捷普卡·卡尔瑙什金发现没有谁敢和他动手，就把手一招，高喊一声："放倒他们，同伴们！"

于是孔羌那一群孩子高喊混杂着呼啸，从雪堆上飞奔着蜂拥而来。

三个满脸雀斑的男孩惊慌失措，拔腿就跑，米什卡、万尼卡·乔尔内·乌什，最后所有的孩子，都跟在他们后面逃跑，连尼基塔也跟着跑了。蒙着头巾的那个很小的孩子坐在雪地上号啕大哭起来。

我们这一边的人跑过阿尔塔蒙家的院子，又跑过切尔诺乌霍夫家的院子，气喘吁吁地爬到另一个雪堆上。尼基塔回头看了一下。在后面的雪上躺着阿廖什卡、尼尔和五个我们这边的孩子——有人是跌倒在地，有人是过分害怕主动躺下去的——别人都已躺到地上了，你总不能再打他吧。

尼基塔站了起来——虽然他由于委屈和羞耻差点没哭出来：他们都是胆小鬼，没人敢应战。他挺立不动，握紧拳头，马上看见翘鼻子、大嘴巴、羊皮帽子下露着竖立的短发的斯捷普卡·卡尔瑙什金，正向他猛冲过来。尼

_____

①沙绳，又译"俄丈"，俄国旧长度单位。1俄丈等于2.134米。

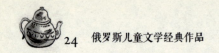

基塔低下头,迎面大踏步奔向斯捷普卡,竭尽全力对着他的胸部就是一拳。斯捷普卡的脑袋晃了一晃,帽子掉了下来,一屁股跌坐到雪里。

"哎哟,你,"他说,"还动真的……"

孔羌那一群孩子马上停住了脚步。尼基塔向他们走去,他们一齐往后退。我们这一边的高呼着:"我们胜了!"赶到尼基塔前面——像一堵墙一样,扑向孔羌那一边的人。孔羌那边的人撒腿飞跑。我们这边的飞赶过五六个院子,直到他们全部躺下。

尼基塔心里兴抖抖、脸上红喷喷地回到自己村子的界限内,他东张张西望望,还想找个人打上一架。有人叫了他一声。粮仓背后站着斯捷普卡·卡尔璃什金。尼基塔走到他面前,斯捷普卡皱着眉头看着他。

"你打得我好痛,"他说,"愿意交个朋友吗?"

"当然愿意。"尼基塔赶忙回答。

两个孩子,笑盈盈的,你看着我,我看着你。斯捷普卡说:"我们交换点礼物吧。"

"好的。"

尼基塔心想,应该给他点自己最好的东西,于是,就送给斯捷普卡一把有四片刀刃的小折刀。斯捷普卡把它塞进口袋,并从里面摸出一个铅铸的羊拐子——灌满了铅的羊拐子玩具[1]。

"给你。千万别丢了,它值很多钱呢。"

---

[1]羊拐子是俄罗斯儿童玩耍用的玩具,俗称"打拐子",即用一个羊蹄腕骨或类似的东西(如这里铅铸的羊拐子),向远处的另一个扔去,打中即胜。

怎样熬过一个无聊乏味的夜晚

晚上,尼基塔仔细看着《田地》[①]中的插图,读着插图下面的说明文字。有趣的东西很少。其中有一幅画,上面画的是:一个女人站在台阶边,手臂光光的直裸露到胳膊肘;头发上插着鲜花,肩膀上站着鸽子,脚上也站满了鸽子。一个男人肩上扛着枪,正在篱笆外面冲她咧嘴笑着。

这幅插图最叫人感到无聊乏味的是,怎么也闹不明白——它画出来究竟是为了什么。说明文字解释道:"你们谁没看见过家鸽,这些人类真正的朋友呢?(尼基塔跳过了关于鸽子的其他一些话)谁又会不喜欢早晨给鸽子撒米喂食呢?多才多艺的德国艺术家汉斯·乌尔斯特描绘出了这样一个动人的瞬间。年轻的爱尔莎,牧师的女儿,走出屋子来到台阶上。鸽子看到自己最喜爱的人,喜腾腾地飞向她脚下。你瞧——一只鸽子坐在她肩上,其他的在她手里啄食。年轻的邻居,是个猎人,正偷偷地欣赏着这幅图画。"

尼基塔想象着,这个爱尔莎除了喂喂鸽子,就是喂喂鸽子,再也没有别的什么事了——多么无聊乏味啊。她的父亲,那个牧师,也在屋子里的某个地方——坐在椅子上,也无聊乏味得打着呵欠。而那个年轻邻居咧嘴笑的样子,就像正闹肚子疼似的,他一定会这样咧嘴笑着,一路走过去,当然,他的枪是不会打响了。插图里的天空灰蒙蒙的,连太阳的光也是灰蒙蒙的。

尼基塔把铅笔尖稍稍蘸上点唾沫,在牧师女儿的嘴上画上两撇小胡子。

---

① 《田地》是俄国十月革命前出版的杂志,是一种文艺和科普插图周刊。1870—1918年在彼得堡出版,面向广大读者。1894—1916年出版《每月文学副刊》,刊登著名作家作品。

下面一幅插图画的是布祖卢克①城的景致：大路旁边有一个里程标柱子和一个损坏了的车轮，而在远处——是几间小木板房和一座教堂，雨从乌云里斜斜地落下来。

尼基塔打了个呵欠，合上《田地》周刊，靠在椅子上，凝神细听。

在上面的顶层阁楼里，不时传来一阵阵呼啸声，和拖得长长的应声嗥叫。你听，低沉的声音在唱——呜呜呜呜呜呜呜呜呜呜呜。声音拖得长溜溜、沉闷闷的，愁眉苦脸，就像噘着嘴在生闷气。接着，就七弯八曲地变成细细袅袅、如怨如诉的声音，像从鼻孔里吹出来的一样，随后竟凄凄惨惨地变得像线那样细。最后，又降下来变成沉闷闷的低音，就像噘着嘴在生闷气。在圆桌顶上，亮着一盏带细白瓷灯罩的灯儿。墙外有人顺着走廊重沉沉地走过去——这是那个火夫——灯下挂着的水晶装饰悦耳地丁零丁零响了起来。

母亲低着头在看书，她的头发是浅灰色的，细柔柔的，有一绺卷在这边的太阳穴上，那里长着一颗黍米粒大小的黑痣。母亲不时用编织针把书页裁开②。她那本书的书皮是砖红色的。爸爸的书房里，这样的书有满满一书柜，它们全都叫作什么《欧洲通报》③。他感到十分惊讶，为什么大人们喜欢的全都是这么无聊乏味的事：读这样一本书——就像磨一块砖一样令人厌烦。

母亲的膝盖上，睡着一只温驯的刺猬——阿希尔卡，它把猪一样的嘴巴趴在前爪上。到人们上床睡觉的时候，它总是早已睡足睡够，就开始满房子喊里啪啦地东窜西跳，用爪子嗤嗤唰唰地抓来挠去，哄哄啊啊地叫个不停，在各个角落里嗅个不休，使劲向老鼠洞里张望，一直闹腾到天亮。

墙外那个火夫把铁门弄得哐当响，接着又传来他拨弄炉子的声音。屋子

①是俄罗斯奥伦堡州西部的一个城市，位于萨马拉河、布祖卢克河和多马希卡河汇合之处，1736年建城，1781年设市。
②当时俄国出版的书，书页是连在一块儿的，必须边读边自己裁开。
③这是俄国著名历史学家、作家卡拉姆津（1766—1826）创办的一个刊物。1802—1830年在莫斯科出版，为半月刊，是当时俄国最有名的杂志。1866—1918年在彼得堡出版，是俄国资产阶级自由派的文学与政治月刊。这里指的应该是后者。

里散发着抹墙的灰泥和洗过的地板的暖熏熏的味道。虽然有点无聊乏味，但非常安逸舒适。顶层阁楼里有个东西在使足劲儿吹着口哨——囔——囔——囔——囔——囔。

"妈妈，这是谁在吹口哨呀？"尼基塔问道。

母亲抬了抬眉毛，眼睛仍然没有离开书本。正在笔记本上画着线儿的阿尔卡季·伊万诺维奇，好像早已等着这一问一样，连珠炮似的回答道："当我们说到无生命的非动物时，应该使用代词'什么'。"

呜呜呜呜呜呜呜呜呜呜，——顶层阁楼上发出拖得长长的低沉声音。

母亲抬起头来，凝神听了听，耸一耸双肩舒散一下筋骨，又伸手拉紧绒毛披肩。那只刺猬被惊醒了，怒轰轰地张大嘴哄啊哄啊地叫着。

尼基塔想象着，风儿怎样卷集着雪花，从天窗吹进冷飕飕、黑漆漆的顶层阁楼。在满是鸽子粪的巨大顶梁柱中间，横七竖八地乱扔着一些破烂不堪的、弹簧都露出来的老椅子、旧圈椅和几张断成几截的沙发。在烟囱旁的一张旧圈椅上，坐着风：浑身毛烘烘的，满是灰尘，挂满了蜘蛛网。风温顺地坐着，双手托住脸颊，呼叫着："无聊聊聊聊乏味啊！"黑夜漫漫无尽头，可是它却孤零零地坐在冷森森的顶层阁楼上，呼叫着。

尼基塔从椅子上溜下来，坐到母亲身边。母亲慈爱地微微一笑，搂住尼基塔，吻了吻他的额头："不是到了睡觉的时候了吗，孩子？"

"不嘛，请让我再待半个钟头。"

尼基塔把头儿偎依在母亲的肩膀上。房子的深处，有一扇门吱溜溜响了一声，接着就出现了猫儿瓦西卡——尾巴高高翘着，整个儿——是一副温顺的道德君子相。它张开粉红的嘴，喵喵叫着，声音轻得刚能听见。阿尔卡季·伊万诺维奇盯着笔记本，头都没抬，就问道："你出来有何贵干呀，瓦西里·瓦西里耶维奇①？"

①与中国人的姓名由两部分构成而且姓在前、名在后不同，俄罗斯人的姓名由三部分构成，并且名在最前面，接着是父称，最后是姓，即：名+父称+姓。如本书的作者阿列克谢·尼古拉耶维奇·托尔斯泰，其中阿列克谢是名字，尼古拉耶维奇是其父称（也就是说他父亲的名字叫尼古拉耶维奇，这主要是为了说明他是尼古拉的儿子），托尔斯泰是姓。在交际场合中，为了表示礼貌或尊敬，一般使用"名+父称"的形式，这里称猫为"瓦西里·瓦西里耶维奇"，是沿用社交场合的礼节，和猫开玩笑。

瓦西卡走到母亲身边，用它那眯成一条缝的、迷人的绿莹莹的眼睛看着她，声音加大，喵喵叫着。刺猬又哄啊哄啊地叫了起来。尼基塔觉得，瓦西卡一定知道了什么事情，它跑来就是为了告诉大家这件事情①。

风儿在顶层阁楼上绝望地大吼大叫起来。就在这个时候，窗外传来一声压抑的喊叫，吱吱嘎嘎的踩雪声和叽叽喳喳的说话声。母亲迅速从椅子上站起身来。阿希尔卡哄哄啊啊地叫着，从她膝上滚了下去。

阿尔卡季•伊万诺维奇跑到窗前，仔细往外面看了一会儿，欢呼起来："他们来了！"

"我的上帝啊！"母亲喜冲冲地说，"难道这是安娜•阿波罗索芙娜？……冒着这样大的暴风雪……"

几分钟后，尼基塔站在走廊里，看见那扇蒙上毡子的门重甸甸地吱喽喽打开了，一团白蒙蒙的寒气涌了进来，跟着出现了一位高大、丰满的妇女，身上穿着的双层毛皮大衣，头上围着的一条头巾，上面全都盖上了一层雪花。她手里牵着一个男孩子，穿着一件缀着亮闪闪纽扣的灰色大衣，戴着一项围巾帽。紧跟他们身后，冰冻了的毡靴敲得咚咚直响，走进来一个车夫，他下巴上的胡子冻成了一把冰，上唇上的小胡子变成了黄巴巴的小小冰溜，眉毛也白点点、毛茸茸的。他胳膊上抱着一个小姑娘，穿着一件白茸茸的翻毛山羊皮大衣。她的头伏在车夫的肩膀上，紧闭双眼睡着了，小脸上流露出可爱而顽皮的神情。

高大的妇女一走进屋，就用浑厚的低音响亮亮地叫唤起来："亚历山德拉•列昂季耶芙娜，来客人啦！"说着，就抬起双手，解开裹在头上的头巾。"别走到我们身边来，别走到我们身边来，我们身上的冷气会让你受凉的。唉，你们这儿的路呀，我可得说，——糟糕透顶……就在这屋子附近，我们都滑

---

①俄罗斯人喜爱猫，认为猫有灵性，甚至有巫术，是巫师的化身，它那尖利的爪子能够打退魔鬼的攻击，并且和家神（相当于中国民间传说中的灶神）是好朋友，能把家神驮进新居；猫还象征着安逸舒适、治家有方、事事顺心，因而是家庭幸福的象征。俄罗斯谚语"爱猫的人也会爱妻子"，"猫和婆娘守家，爷们和狗在外"，说明了俄罗斯人对猫的看重。俄罗斯习俗：乔迁新居时，第一个进屋的不是主人，而是猫。俄罗斯人让猫第一个跨进新居的门槛，希望它给家庭带来幸福和美满。至今，猫仍然是俄罗斯家庭的宠物。

到灌木丛里去了。"

这就是母亲的朋友安娜·阿波罗索芙娜·巴布金娜，她总是住在萨马拉城。她的儿子维克多，正等着别人给他摘下围巾帽，他皱着眉头望着尼基塔。母亲从车夫手里把睡熟的小姑娘抱了过来，给她摘下皮风帽——她那满头金灿灿、亮闪闪的发卷，一下子披散开来，母亲吻了吻她。

"莉列奇卡，你到啦。"

小姑娘吁了口气，睁开一双蓝汪汪的大眼睛，又吁了一口气，就清醒了。

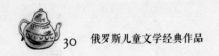

维克多和莉莉娅

尼基塔和维克多·巴布金第二天早晨大清早就在尼基塔的屋子里睡醒了，他们都坐在床上，皱着眉头，互相看着对方。

"我还记得你呢。"尼基塔说。

"我也清清楚楚地记得你。"维克多马上紧跟着回答，"你到萨马拉去看过我们一次，你当时还吃了那么多的鸭子和苹果，都吃撑着了，大家只好喂你喝了蓖麻油。"

"噢，我都不记得有这么回事了。"

"我倒是还记得。"

两个男孩都沉默下来了。维克多故意打了个呵欠。尼基塔藐视地说："我有一个家庭教师——阿尔卡季·伊万诺维奇，严厉得可怕，用一大堆知识压得我喘不过气来。不管是什么书，他都能半个钟头就读完它。"

维克多冷冷一笑："我已经上中学了，读二年级呢。你瞧，我们那里有多严厉吧：永远不让我吃中饭。"

"哼，这算什么呢！"尼基塔说。

"不，对你来说这当然不算什么。不过，我能够一千天什么东西也不吃。"

"啊呵，"尼基塔说，"你试过吗？"

"不，还没有试过。妈妈不准我试。"

尼基塔打了个呵欠，伸一伸懒腰："可是我，你知道吗，前天打赢了斯捷普卡·卡尔瑙什金。"

"这个斯捷普卡·卡尔瑙什金是谁呀？"

"我们这一带的头号大力士。我只给他这么一下子——他就砰一下倒在地上了。我把自己那把有四片刀刃的小折刀送给了他，而他送给我——一个灌铅的羊拐子。待会儿我把它拿给你看看。"

尼基塔蹦下床，不急不忙地开始穿衣服。

"可是我一只手就能把马卡洛夫词典举起来。"维克多气恼恼的，用颤抖的声音说，不过，显而易见的是，他已经认输了。

尼基塔走到连通暖炕的白瓷火炉前，不用手撑，就霍地纵身跳上了暖炕，又蜷起一条腿来，用一只脚跳到地板上。

"如果把两只脚倒腾得飞快飞快的话——那就能够飞起来。"他说，直盯盯地看着维克多的眼睛。

"噢，这不算什么。我们班有很多人都能飞。"

两个男孩穿好衣服，走进餐厅，那里弥漫着热面包、奶油鸡蛋甜面饼的气味，那么多白蒙蒙的热气从擦洗得亮闪闪的茶炊里冒出来，萦萦绕绕地，直到天花板上，结果连窗户的玻璃都弄得汗漉漉的。在餐桌旁团团坐着母亲、阿尔卡季·伊万诺维奇和昨天晚上那个九岁左右的小姑娘——维克多的妹妹莉莉娅。安娜·阿波罗索芙娜·巴布金娜浑厚的低音在隔壁房间里嗡嗡响起："请给我一条毛巾。"

莉莉娅身穿一件雪白的连衣裙，扎着一条浅蓝色的丝绸腰带，背后打了一个蝴蝶结。她那金灿灿、卷曲曲的头发上还有一个蝴蝶结，也是浅蓝色的，看起来就像真蝴蝶。

尼基塔走到她跟前，脸儿腾地红了，喀地两个脚跟一碰弓腰行了个礼。莉莉娅在椅子上转过身来，伸出一只手，非常严肃地说："早安，孩子。"

她说这句话的时候，噘着上嘴唇。

尼基塔觉得，这个小姑娘不是真的，她太美了，特别是那双眼睛——蓝莹莹、亮汪汪的，绸带都没它美呢，那长长的睫毛——就像丝绸一样。莉莉娅打过招呼，就不再注意尼基塔了，用两手捧起一只大茶杯来喝茶，小脸蛋整个儿都被大茶杯遮住了。两个男孩并排坐在桌子旁。维克多喝茶的时候就像个幼孩——弯腰伏在大茶杯上，把嘴唇伸得长长的，去杯子里嘬茶。他偷偷地把一大块糖放进了自己的杯子里，搞得茶都酽稠稠的，然后娇声娇气地请求给他的茶里加点水。他用膝盖碰了碰尼基塔，在他耳边悄声问道："你喜欢我妹妹吗？"

尼基塔没有回答，脸上却泛起了红晕。

"你跟她打交道可得小心点，"维克多低声说，"这个小姑娘总是爱到母亲那里去告状。"

莉莉娅这个时候已经喝完了茶，用餐巾擦了擦嘴，慢慢地离开椅子，走到亚历山德拉·列昂季耶芙娜面前，客客气气、礼数周到地说："谢谢您，沙莎阿姨。"

随后，她就走到窗户旁，爬上一把棕色的大圈椅，坐在自己那盘起来的脚上，也不知从哪个口袋里，掏出了一个装着针和线的小盒子，开始缝起东西来。尼基塔现在只能看见那个活像蝴蝶的大蝴蝶结，两绺轻轻垂着的卷发，和卷发中间稍稍伸出来、动微微的一点点舌尖——莉莉娅用它为自己的缝纫活儿助劲。

尼基塔六神无主，失魂落魄。他开始教维克多怎样可以跳过椅子背，可是莉莉娅头都不抬一下，而妈妈却说："孩子们，要吵吵嚷嚷的，就到外面去。"

两个男孩穿好衣服，走到了屋外。这是一个暖呵呵的、雾蒙蒙的日子。一轮红茸茸的太阳，低低地悬挂在一片片长长的层云上，这片片层云就像铺满白雪的片片田野。花园里淡红色的树木林立，全都浑身披着银霜。积雪上模糊不清的影子，也饱含那种暖融融的光，特别寂静。只有后门廊边的两只狗沙洛克和卡托克，并排站着，转过头来，冲着对方汪汪地发威吼叫。它们就这样龇牙咧嘴地发威吼叫，发出频繁而断续的汪汪声，无尽无休，一直叫到咳得喘不过气来，还会像人一样立起来，用两条前腿扑打，搞得狗毛到处乱飞，直到跑来一个雇工，不得不在它们中间扔下一只连指手套，才肯罢休。它们害怕别的狗，憎恨乞丐，每天夜里，却不去看护房子，都躲进马车棚里去睡大觉。

　　"你到底想干点什么呢？"维克多问道。

　　尼基塔盯着一只毛蓬蓬、闷郁郁的乌鸦，它正从打谷场向牛棚飞去。他不想去玩，而且，他自己也弄不明白，为什么突然间愁恼恼的。他本想提议到客厅去，坐在沙发上，读点什么书，可是维克多开口了："哎哟，你呀，我瞧出来了，你只想跟女孩子玩。"

　　"为什么？"尼基塔面红耳赤地问道。

　　"就是因为……你自己知道为什么。"

　　"去你的吧，我什么都不知道，我们到井边去吧。"

　　两个孩子跑到井边。母牛们每天从牛棚敞开的大门出来，到这里饮水。远处，米什卡·科里亚绍诺克把一根粗溜溜的牧鞭抽得啪啪响，就像打枪一样，忽然，他高喊起来："巴扬，巴扬——当心，尼基塔！"

　　尼基塔回头一看。巴扬，这头红灰色的短犄角公牛，宽宽的前额上长着一团团卷毛，离开牛群，正朝两个孩子走来。

　　"哞——哞"，巴扬时断时续地哞哞叫着，扬起尾巴在自己身上左拍右打。

　　"维克多，快跑！"尼基塔大喊一声，拽住他一只手，就向屋里跑去。

　　公牛在孩子们身后快步追赶。"哞——哞——哞——哞！"

　　维克多回头一望，狂叫一声，倒在雪里，双手捂住脑袋。巴扬离他仅仅五步。尼基塔顿时停住脚步，忽然气愤得浑身冒火，一把扯下帽子，冲到公牛跟前，照准它的脸啪啪地打起来："滚开，滚开！"

　　公牛停下脚步，低下头去。米什卡·科里亚绍诺克从一旁啪啪响着鞭子飞跑过来。巴扬如怨似诉地哞哞叫着，转过身子，走回井边。尼基塔激动得双唇都颤抖起来。他戴上帽子，转过身去。维克多已经站在屋门口，在那里向他招手。尼基塔情不自禁地抬头望了望门廊左边第三个窗口。他看见窗户里有两只满含惊异的蓝汪汪的眼睛，上面是一个像蝴蝶那样立着的蓝色蝴蝶结。莉莉娅爬到窗台上，望着尼基塔，忽然笑了一笑。尼基塔赶忙转过头去。他不再去看那个窗口。他突然快乐起来，他欢呼一声："维克多，我们到山上滑雪去，快点！"

　　他们哈哈大笑，疯疯癫癫，从山上往下滑雪，一直滑到吃中饭的时候，尼基塔犹豫不定地思忖着："等我回家再经过那个窗口的时候——是看看窗口呢，还是不看？不，直走过去，不看。"

圣诞枞树盒子

　　吃中饭的时候，尼基塔尽量不看莉莉娅，其实，就算他尽力想看，反正也什么都看不到，因为在他和小姑娘中间，坐着安娜·阿波罗索芙娜，她穿着一件红色天鹅绒坎肩，两只手来回比画，用那样响亮而低沉有力的声音说话，震得吊灯下垂挂的玻璃装饰丁零零地响。

　　"不行，不行，亚历山德拉·列昂季耶芙娜，"她轰鸣着，"在家里教儿子吧。中学里乱得一塌糊涂，不像样子，我恨不得亲手抓住那个校长，把他扔到门外……维克多，"她忽然叫了一声，"母亲说的是大人的话题，你用不着听，你应该尊敬你的校长。哦，亚历山德拉·列昂季耶芙娜，就拿我们那些教员来说吧——都是天底下最蠢的傻瓜，一个比一个更蠢。特别是那个地理老师，他叫什么名字，维克多？"

　　"西尼奇金。"

　　"哦，我早就告诉过你，不是西尼奇金，而是西尼亚夫金。这位教师竟然蠢到这种程度：有一次他来拜访我们，走出客厅时，竟把一只睡在箱子上的猫当作帽子抓起来，戴在头上……维克多，你是那样拿叉子和刀子的吗？……不要吧嗒吧嗒吃出声来①……把椅子挪近桌子一点……你瞧，亚历山德拉·列昂季耶芙娜，我刚才正想告诉你什么来着？对了，我带来了整整一箱圣诞枞树上用的各种各样的零碎小东西……明天该让孩子们把它们都

①俄罗斯人吃饭很讲究吃相：刀子、盘子、叉子不能发出叮当声，就坐和离开时桌椅不能发出响声；进食时（包括喝酒喝汤）不能发出"咕噜""吧嗒"之类的声音，要闭嘴咀嚼，吞咽时也不能发出声响；不剔牙，不打饱嗝。因此，俄罗斯人就餐时不啃骨头或整个瓜果、面包，而将它们切成小块，用叉子、匙子送进嘴里。所以，下面写安娜·阿波罗索芙娜离开桌子时"哗啦"一声推开椅子，是为了突出这位有着浑厚的男低音、宣称要抓住校长扔到门外的女性的粗犷、豪放性格。

粘贴上去了。"

"我倒觉得，"母亲说，"他们今天就得开始粘贴，要不，就派不上用场了。"

"好啊，就按你的想法办吧。我还有几封信要写一下。谢谢你的午饭，我的朋友。"

安娜·阿波罗索芙娜用餐巾擦擦嘴，"哗啦"一声推开椅子，走进卧室里。她本来是为了写信才去卧室的，可是才过一会儿，卧室里那张床的弹簧便热闹非凡地咔吱咔吱起来，就像一头大象倒在上面似的。

饭厅里大桌子上的桌布撤掉了。母亲拿来四把剪刀，开始用淀粉做糨糊。糨糊是这样做的：母亲从墙角上一个放家庭药品的柜子里，取出一罐淀粉，倒了大约一茶匙在玻璃杯里，再往里面倒进两茶匙冷水，就开始拌匀，直到所有淀粉变成一团浓粥。母亲把茶炊里滚开的水浇到浓粥上，用茶匙不停地使劲搅拌；淀粉渐渐变得像果子冻那样透明——这样就做成了非常好的糨糊。

两个男孩把安娜·阿波罗索芙娜的皮箱搬来，放在桌子上。母亲打开箱子，拿出里面的东西：有一张张金灿灿的平溜溜压花纹纸，有一张张银晃晃的纸、蓝莹莹的纸、绿沉沉的纸、黄澄澄的纸，有高级纸板，有一盒盒蜡烛、一盒盒圣诞枞树上用的烛台、一盒盒小金鱼和小金鸡、一盒盒穿在线上的空心玻璃珠，还有一盒盒顶上带着银色环扣的实心玻璃珠——它们那四面凹进去的地方，涂的是其他各种颜色，另外还有一盒盒响炮，一束束金线银线，一只只镶着五颜六色云母格子和一颗大星星的灯笼。每拿出一盒新东西来，孩子们就欢呼雀跃，惊喜得直哼哼。

"里面还有更好的东西呢，"母亲双手伸进箱子里，"不过，我们暂且先不忙着打开它，而应该赶快开始粘贴。"

维克多开始粘纸链。尼基塔——做装糖果的漏斗形纸袋，母亲则裁开纸和纸板。莉莉娅彬彬有礼地问："沙莎阿姨，我可以粘一个小盒子吗？"

"粘吧，亲爱的，你可以做你想做的一切。"

孩子们聚精会神地默默工作起来，鼻子里的呼吸加重，手上沾了糨糊，就在衣裳上擦掉。这个时候母亲告诉他们，很久以前，圣诞树上的装饰品是根本买不到的，所有的东西都得自己亲手做。她亲眼看见过，有一些聪明灵巧的能手做出了——真正的城堡，里面有塔楼，螺旋形的楼梯，还有吊桥。城堡的前面，有一个小湖，那是用青苔围圈起一块镜子做成的，湖面上游着两只天鹅，它们拖着一只金灿灿的小帆船。

莉莉娅静静地一边细听，一边工作，只是在用力的时候伸出一点点舌尖来为自己助力。尼基塔放下糖果袋，一双眼睛看着她。母亲在这个时候走了出去。维克多把一条五彩缤纷的十俄尺^①左右的纸链，分搭在几把椅子上。

"您粘的是什么呀？"尼基塔问道。

莉莉娅微微一笑，没有抬头，用金灿灿的纸剪出一颗金星，把它粘在盒子蓝莹莹的盖子上。

"您做这个盒子用来装什么呢？"尼基塔低声问她。

"这个盒子是用来装洋娃娃的手套的，"莉莉娅一本正经地回答，"您——是一个男孩子，您不懂这种事情。"

她抬起头来，用那双蓝汪汪的眼睛严厉地看着尼基塔。他的脸腾地红了，而且越来越红，越来越热，最后整个脸儿都变得红通通的。

"您的脸是多么红啊，"莉莉娅说，"就像红甜菜。"

随即，她又埋头去做盒子了，她的小脸上挂着调皮的笑容。尼基塔坐在椅子上，屁股就像被紧紧粘住似的。他不知道眼下说什么话好，可是不管他怎样拼命地想离开这间屋子，却硬是动弹不得。小女孩笑他，可他并不见怪，也不生气，反倒只是一个劲儿直定定地看着她。莉莉娅没有抬头，用另一种声音问他，这样子就好像他们之间已经有了某种秘密而他们正在用言语悄悄传递似的："您喜欢这个小盒子吗？"

尼基塔赶忙回答："是的，我喜欢。"

"它也很招我喜欢。"她说道，并且使劲摇晃着头，摇得蝴蝶结和卷发都颤悠悠地晃动。

───────────

①俄尺是俄国旧长度单位。1俄尺等于0.71米。

她本想还补充点什么，然而这个时候维克多走到他们跟前，把头插在莉莉娅和尼基塔中间，急匆匆地问："什么样的小盒子？小盒子在哪里？……哼，尽瞎吹，只是再普通不过的一个小盒子。这样的小盒子，你要多少，我就给你做多少。"

"维克多，我真的要告诉妈妈去，你打搅我粘东西。"莉莉娅用颤抖的声音说道。她拿起糨糊和纸，挪到桌子的另一头去了。

维克多向尼基塔眨了眨眼睛："我告诉过你，跟她打交道可得小心点——小长舌妇。"

那天夜里，很晚的时候，在熄了灯的黑黢黢的屋子里，尼基塔躺在床上，用被子蒙住头，从里面用闷沉沉的声音问道："维克多，你睡着了吗？"

"还没有……我不知道……到底有什么事？"

"听我说，维克多……我得告诉你一个惊人的秘密……维克多……你可不要睡……维克多，听我说……"

"呼噜——呼——噜——噜——噜。"维克多回答。

另一辆车运来的礼物

还在黎明时，尼基塔就在睡梦中朦胧听到，有人在屋里捅火炉，接着，走廊尽头有扇门砰地响了一声——这是火夫在把一捆捆木柴和干粪块①搬进屋里。

尼基塔乐滋滋地醒来了。早晨阳光灿烂，寒气凛冽。窗户上冻结出厚厚一层手掌形的冰花叶簇。维克多还在酣睡。尼基塔向他扔去一只枕头，可是他哼哼了几声，把头钻进被子里又睡着了。尼基塔乐滋滋地飞快蹦下床，穿好衣服，考虑了一下——该去哪里呢？接着便朝阿尔卡季·伊万诺维奇那里跑去。

阿尔卡季·伊万诺维奇也只是刚刚睡醒，正躺在床上读他那封早已反复读过足足三十遍的信。他一看见尼基塔，就抬起双脚踢起被子，啪地把它甩到床上，大喊起来："真是太阳从西边出来了！你竟然起得比谁都早！"

"阿尔卡季·伊万诺维奇，今天天气多好啊！"

"天气嘛，我的朋友，的确好极了。"

"阿尔卡季·伊万诺维奇，我有这么一件事想问您，"尼基塔用手指在门框上抠来抠去，"您是不是很喜欢巴布金家的人？"

"你说的是巴布金家的谁呀？"

"孩子们。"

"哦，哦……那你到底希望我喜欢谁呢？"

阿尔卡季·伊万诺维奇说这句话时虽然用的是平常的声音，但是说得很

_____
①把牲畜粪压成砖块，晒干，用作燃料（多用于供暖）。

快。他倚靠在枕头上，看着尼基塔，脸上没有一点笑容，这一点不假，不过，很全神贯注。显而易见，他也已经知道点什么了。尼基塔突然转过身子，跑出屋去，沉思了一会儿，就走进院子里。

在雇工住房的上空，在沟上澡堂的上空，还有更远处白茫茫田野那边整个村子的上空，都有一股股青烟在袅袅升起。过了一夜，树木上的白霜结得更厚了，池塘边巨大的黑杨树那雪凝凝的枝头，已完全低垂到地上，在蓝瓦瓦、寒森森的天空下，显得枝大干粗，格外壮观。积雪闪闪发光，在脚下咯吱咯吱响。寒气刺得鼻子一阵阵发疼，并且粘在睫毛上。

沙洛克和卡托克，站在后门廊边一堆微微冒烟的灰烬上，面对面地相互汪汪大叫。米什卡·科里亚绍诺克手里拿着一根粗棍子，在深雪中跌跌撞撞地经过院子径直朝尼基塔走来——他正准备用冰冻的雪球玩一种冰球游戏。可是就在这时，村子右边的大路上出现了一长溜马拉的雪橇。它们一辆接着一辆从沟里爬出来，慢慢腾腾地往前走，在白皑皑的雪地里显得矮兮兮、黑乎乎的，沿着下面的池塘，爬上堤坝。

米什卡·科里亚绍诺克用连指手套的大拇指揿住一个鼻孔，嗤地擤了一下鼻涕，说："我们的车队从城里回来了，运来了小礼物。"

那些雪橇正穿过大白柳那被皑皑白雪压成的巨大拱门下的堤坝，已经听得到白雪被碾压的咯吱声、雪橇滑铁发出的尖锐声音和马儿们的喘息声。

像往常一样，领着雪橇车队第一个进入院子里的，是上了年纪的雇工尼基福尔，他骑着一匹棕红色的母马韦斯塔。

尼基福尔，这个矮矮壮壮的老头儿，穿着一双用绳子紧紧绑住的、冻得硬邦邦的毡靴，轻轻快快地走在那一长溜雪橇旁。他那件高领羊皮袄敞开着，竖起的衣领、帽子，以及他的胡子和眉毛，都蒙上了一层银霜。韦斯塔浑身汗如雨下，喘得两边肚子剧烈地一起一伏，全身冒着腾腾热气。尼基福尔一边往前走，一边转过头用虽然伤了风但仍洪亮的嗓子，朝后面的车队大喊一声："喂，往粮仓那边拐。听好喽！最后那辆雪橇赶到房子这边来。"

整个车队共有十六辆雪橇。马儿们劲鼓鼓地朝前走着，浓烈的马汗味扑鼻而来,雪橇的滑铁吱吱向前,马鞭啪啪直响,车队的上方笼罩着一团团热气。

最后一辆雪橇走过堤坝,慢慢靠近,尼基塔猛的一下还无法搞清那上面装的是什么东西。那东西体积庞大,形状古怪,整个儿绿幽幽的,系着一条红艳艳的带子。尼基塔的心开始怦怦急跳。后面加套着第二辆小雪橇的那辆雪橇上,放着一条两头尖尖的双桨小船,它咯吱咯吱地响着,不时轻轻晃动。小船的旁边,耸立着两把绿幽幽的船桨和一根尖端带着教堂式铜圆顶的桅杆。

原来,这就是那封神秘的信中允诺给他的礼物。

圣 诞 枞 树

一棵结满了冰的粗大枞树被人们拖进客厅。帕霍姆花了老半天时间，用斧头咚咚地砍着，喳喳地削着，给它安上一个木十字架底座。枞树终于稳稳地站了起来，没想到它竟有这么高——不得不在天花板下弯曲着自己那碧柔柔、绿油油的树梢。

枞树散发出一股寒气，不过，它那结冰的枝干慢慢解冻，蒙上水珠，舒展开来，蓬茸起枝叶，于是，整个屋子都充满了针叶的清香。孩子们把一大堆纸链和一盒盒装饰品拿进客厅，把椅子挪到枞树跟前，就开始给它装饰打扮。可是，很快他们就发现，他们做的东西太少了，不够用。他们还得坐下去粘一些装糖果的纸袋，把胡桃涂成金黄色，把那些加香料的蜜糖饼干和克里米亚苹果，都用银线拴起来。整个晚上，孩子们都坐着忙于这些工作，直到莉莉娅坐在桌子旁，把连蝴蝶结都弄得皱巴巴的脑袋，伏在胳膊上睡着了。

圣诞节前夜来到了。枞树已装饰打扮好了，身上系着金灿灿的纸花，挂着纸链，五颜六色的小蜡托里也插上了蜡烛。等到一切都准备得熨熨帖帖，母亲说："啊，孩子们，现在请离开吧，而且，在晚上进来前，一眼都不能往客厅里看。"

这一天的中饭吃得很晚，而且吃得匆匆忙忙——孩子们只吃了一点甜苹果夹层干点心。整个屋子里都忙忙乱乱的。男孩子们满屋子乱转，每见到一个人就缠住问个不停——还要等多久才能到晚上？就连阿尔卡季·伊万诺维奇——他已换上一件长襟燕尾服和一件浆得直挺挺的翘着的硬衬衫——也都不知道，自己该做点什么好，只是吹着口哨，从一个窗口到另一个窗口地走来走去。莉莉娅上母亲那儿去了。

太阳慢得可怕地爬向地平线，变成一个红彤彤的大圆球，躲进了朦朦胧胧的薄薄浮云里，井台投在雪地上的那道紫茵茵的影子，越来越长。终于，母亲吩咐孩子们去换衣服了。尼基塔发现自己的床上放着一件蓝绸子衬衫，衣领上，下襟上，袖口上，都绣着枞树，一条带穗子的螺旋形腰带和一条肥大的天鹅绒灯笼裤。尼基塔穿好衣裤，跑到母亲那里。母亲拿梳子给他把头发梳成分头，按着他的双肩，在他脸上聚精会神地打量了一会儿，然后把他领到一个大红木窗间穿衣镜前面。

尼基塔在镜子里看见一个穿得漂漂亮亮、外表文文雅雅的男孩。这难道就是他自己？

"唉，尼基塔呀，尼基塔，"母亲亲吻着他的额头，感叹着，"你要永远是这样子的一个孩子，那该多好啊！"

尼基塔踮着脚尖走进走廊，看见一个白衣如雪的小姑娘，高视阔步地迎面向他走来。她穿着一身带细纱短裙的华丽白衣裳，头发上系着一个雪白的大蝴蝶结，脸儿的左右两侧，每边垂着六绺金灿灿的卷发，一直垂到瘦棱棱的肩膀上，竟然弄得尼基塔一下子都认不出来了。莉莉娅走到尼基塔跟前，扮出一副鬼脸看着他。

"你以为——我是鬼呀，"她问道，"你害怕什么呢？"说完就走进书房，盘起两脚放到屁股底下，坐在了沙发上。

尼基塔也跟在她身后走进屋子，坐在沙发上，不过是沙发的另一头。火炉烧得正旺，劈柴发出一阵阵劈劈啪啪的响声，火炭星子四溅。一片红晕晕、闪熠熠的火光，照亮了那些皮椅子背，照亮了墙上镜框的金色边角，照亮了放在两个书柜中间的普希金半身塑像。

莉莉娅一动也不动地坐着。火炉那红闪闪的光照亮她的脸颊和微微翘起的小鼻子时，那景象真是妙不可言啊。维克多来到他们面前，他身穿一件缀着亮闪闪纽扣的蓝制服，绣着金银花边的领子扣得那么紧，弄得他说话都很困难。

维克多坐在一把安乐椅上，也一声不吭。紧邻的客厅里传来母亲和安娜·阿波罗索芙娜的说话声——她们正在解开一些包着的东西，把什么放在地板上，并且小声交谈着。维克多偷偷走到门边，想从锁孔眼里张望，可是锁孔的另一边用纸团给堵住了。

接着，双扇大门砰一声关上了，走廊里传来嘈杂的人声和一片细碎的脚步声。这是村子里的孩子们来了。尼基塔本该跑过去招呼招呼他们，可他却一动也不能动。一道蓝莹莹的光在窗户的冰花上开始闪烁。莉莉娅轻声轻气地说："一颗星星升起来了。"

就在这时，书房的门突然打开了。三个孩子赶忙从座位上跳了下来。客厅里那棵圣诞枞树，从地板直顶到天花板，全身都有许多许多、许多许多蜡烛在闪闪发光。它就像是一棵火树，闪烁着金光，放射出火花，流溢出一片浓浓的光彩，散发着针叶、蜡油、柑橘、香料蜜糖饼干的味道。

孩子们惊呆了，一动也不动地站住了。通往客厅的另外几扇门也打开了，村子里的男孩子们和女孩子们都进来了，挨挨挤挤地靠墙站着。大家都已脱了毡靴，脚上穿着厚厚的长毛袜子，身上穿着大红的、粉红的、金黄色的衬衫，围着黄色、红色、白色的头巾。

母亲在钢琴上弹奏了一首波尔卡舞曲。她一边弹着，一边朝圣诞枞树转过那张笑盈盈的脸，唱了起来：

仙鹤的双脚长又长，

找不到路途回家乡……

尼基塔向莉莉娅伸出一只手。她也递给他一只手，只是眼睛仍然看着蜡烛，圣诞枞树在她那双蓝汪汪的眼睛里，在她的每一只眼睛里，闪闪发光。孩子们依旧一动也不动地站在那里。

阿尔卡季·伊万诺维奇跑到那一群男孩子和女孩子面前，一手拉起一个，领着他们绕着圣诞枞树飞快地奔跑起来。他那燕尾服的燕尾下摆飘扬

起来。他一边跑着，一边又把两个孩子拉进队伍中，然后又拉起尼基塔、莉莉娅、维克多，最后，所有的孩子都手拉手，围着圣诞枞树跳起了环舞①。

> 我藏起了，藏起了金子，
>
> 我藏起了，藏起了银子……

村里的孩子们唱了起来。

尼基塔从圣诞枞树上摘下一个爆竹，把它剥开，里面是一个尖顶上带星星的弹药管。转眼间，爆竹就砰砰砰砰地到处爆响了，传来一股爆竹的火药味，一片烟卷纸弹药管的沙沙声。

莉莉娅得到一件带两个小口袋的纸围裙。她把它戴在身上。她的一双脸颊通红通红，红得像红苹果一样，一对嘴唇上涂满了厚厚一层巧克力。她不停地哈哈大笑着——看着那个巨大的洋娃娃，它坐在圣诞枞树下的一个篮子里，里面还放着一整套婴儿用品。

就在圣诞枞树下的那边，还堆放着送给村里男孩子们和女孩子们的一纸包一纸包的礼物，都用五颜六色的手巾包裹着。维克多得到一大堆带着大炮和帐篷的士兵。尼基塔得到一副真的皮马鞍，一个笼头和一根马鞭。

一会儿，就只听见一片喀嚓喀嚓的剥胡桃声和胡桃壳在脚下发出的喀吧喀吧声，以及孩子们在解开送给他们的那包礼物时鼻子里加重的呼吸声。

母亲又弹起了钢琴，孩子们围着圣诞枞树一边唱歌一边跳着环舞，可是那些蜡烛快燃完了，阿尔卡季·伊万诺维奇干脆跳来蹦去地吹熄了它们。圣诞枞树倏然间黯然失色。母亲合上钢琴盖，吩咐大家都到餐厅里去喝茶。

但是，阿尔卡季·伊万诺维奇还意犹未尽，不想安静——他让孩子们一个接一个排成长队，自己在最前面领着，而那二十五个孩子跟在他后边，奔跑到外面绕了一大圈，再经过走廊进入餐厅。

---

①环舞又叫轮舞、圆圈歌舞，是斯拉夫民族的一种民间集体舞，大家手拉手唱着歌，围成圆圈，转着跳舞。

莉莉娅在前厅里走出队伍，站在那里，大口喘气，一双笑盈盈的眼睛望着尼基塔。他们两人站在挂着毛皮大衣的衣架旁。莉莉娅问道："你笑什么？"

"是你在笑啊。"尼基塔答道。

"那你为什么老看着我呢？"

尼基塔的脸倏地红了，然而连他自己也不明白怎么会发生这样的事——他竟然向莉莉娅走近几步，向她俯下身去，吻了吻她。她马上连珠炮似的说了一通话回答："你是一个好男孩，这话我没有告诉过你，因为我谁都不让知道，这可是一个秘密。"说完她转身跑进餐厅里。

喝过茶以后，阿尔卡季·伊万诺维奇又安排了一个方特游戏①，可是孩子们都已疲倦不堪，也吃得太饱，而且很难搞明白应该怎样玩。最后，一个穿着圆点衬衫的很小的男孩，打着盹睡着了，从椅子上掉到地上，哇哇大哭起来。

妈妈说，圣诞枞树晚会结束了。孩子们纷纷走进走廊，他们的毡靴和短皮袄在那里沿墙放着。他们穿好后就成群地从屋里一拥而出，在严寒中尽情狂欢。

尼基塔一直伴送孩子们到堤坝那儿。等他独自一人走回家的时候，只见月亮挂在高高的天空中，在虹晕似的淡光圈里闪闪发光。堤坝上和花园里的树儿，高巍巍、白乎乎的，在月光下好像长大、长高了。右边是一片白茫茫的荒野，远远地延伸到不可思议的寒冷的黑暗中。一个大头长脚的长长影子跟在尼基塔身旁向前移动。

尼基塔觉得，他就像在梦里走进了一个魔幻王国。只有在魔幻王国里，心里才可能感到这么神奇，这么幸福。

---

①这种游戏要求每人按照所抽得的签，去寻找被藏起的物件或猜测某事，没能找到或没猜中者，应交出一件东西，以后由一个蒙着眼睛的人，给每一件东西的主人出题，如让他唱歌、说笑话、讲故事等。

维克多的惨败

维克多在这些日子里和米什卡·科里亚绍诺克交上了朋友，同他到下面的池塘里去点燃"小猫"。他们点燃了这样一个"小猫"，火焰从冰里飞蹿上来，比一个人还高。后来，他们在池塘外边的水沟里，建起了一座堡垒——一座用雪建成的塔楼，卫护着它的是一道带着瞭望孔、射击孔和城门的围墙。之后，维克多就给孔羌那边写了一封信：

> 你们，孔羌的家伙，是斜眼的铁匠，只配给小老鼠的爪子钉铁掌，我们要痛打你们一顿，好让你们记得我们的厉害。来吧，我们在堡垒里等着你们呢。

> 要塞司令、二年级中学生维克多·巴布金

这封信钉在一根棍子上。米什卡·科里亚绍诺克把它送到村子里，插在阿尔达蒙诺夫木屋旁的一个雪堆上。谢姆卡、连卡、阿尔塔莫什卡·梅尼绍伊、阿廖什卡、万尼卡·乔尔内·乌什和彼得鲁什卡——无田无地、孤苦伶仃的疯子萨沃西卡的侄儿，都爬到雪堆上那根棍子的旁边，朝孔羌那边的孩子威吓了好长一阵子，还朝他们那边扔雪球，然后才跟着米什卡·科里亚绍诺克离开，和他去据守堡垒。

维克多命令他们搓做一批雪团和雪球。他们把雪团和雪球沿墙放在堡垒里，又把一根顶上挂着一束芦苇的棍子插在塔楼顶上，就开始等着孔羌的

人来进攻。

尼基塔来了，看着这座堡垒，双手插进口袋里，说："谁也不会来，你们的堡垒派不上一点用场，我不跟你们玩啦，我回家了。"

"被女孩子拴住了，"维克多从墙那边冲他喊了一声，"向女人献殷勤的人！"

阿尔达莫诺夫家的儿子们响亮地哈哈大笑起来。万尼卡·乔尔内·乌什在弯下来的手指缝里吹着哨子。

尼基塔说："我要是想干，我会把你们所有的人都赶出你们的堡垒，可惜你们不值得我弄脏双手。"说完他冲维克多伸了伸舌头，就跑过池塘往家里走。

一个个雪团在身后追逐着他——然而他连头都不回一下。

维克多他们在堡垒里没等多久：孔羌那边的孩子们，从村子那边盖满白雪的干草垛后面出现了。他们趔趔趄趄地蹚着齐膝深的积雪，直攻堡垒。他们来了大约十五个人。

维克多开口向他们宣称，他要把他们孔羌的家伙劈了当柴烧，又用冻得通红的鼻子朝他们发出响亮的哧哧声。他的一双眼珠子滴溜溜地来回转个不停。孔羌的孩子们冲了过来，一部分人驻扎在堡垒的城门前，另一些人坐在雪地上。那个蒙着母亲头巾的最小的男孩，也勉勉强强地慢慢跟在他们后边。孔羌那边的孩子，由斯捷普卡·卡尔瑙什金领头。他仔细打量了一下堡垒，就走到城墙边，说："把那个戴亮晃晃纽扣的孩子交出来，我们要用雪给他搓搓耳朵……"

维克多装作忧心忡忡的样子，用鼻子哄地大声吸了一下气。米什卡小声说："用大雪球打他，狠狠地打！"维克多举起一个雪球，扔了过去，没有打中。卡尔瑙什金退进自己的队伍里。孔羌的孩子们一齐跳起来，开始搓雪球。一团团雪球从堡垒里飞了出来，打向他们。阿尔达莫诺夫家的三个孩子扔得特别准。他们立刻就把那个蒙着母亲头巾的最小的孩子给打倒了。孔羌那边的孩子开始还击了。雪球雪团像云团一样在两方的上空飞过来飞过去。绑着标

志的那根棍子从塔楼上倒了下来。万尼卡·乔尔内·乌什从城墙上跌了下去，向孔羌的人投降了。突然，维克多的制帽从头上给打到了地上，跟着又一个雪球打中了他的脸。孔羌的孩子们狂吼乱喊着，尖声呼叫着，吹着口哨，一起猛攻堡垒……城墙被冲破了，堡垒的守卫者都穿过芦苇，踏着池塘上的厚冰，逃得无影无踪。

座钟上花瓶里的东西是什么

尼基塔自己也闹不明白，为什么他一跟男孩子们玩就感到无聊。他回到家里，脱去衣服，走过几间屋子，就听到莉莉娅在说："妈妈，请您给我一块干净的碎布吧。我那个新洋娃娃瓦莲京娜，脚痛得厉害，我真担心她的健康哪。"

尼基塔停住脚步，又一次感到了这些日子里常常油然升起的那种幸福。这种幸福是如此之大，使他觉得就好像心灵深处某个地方有一个小小的八音盒，在温温柔柔、快快乐乐地转动着，奏响一支动人心魄的乐曲。

尼基塔走进书房，坐在沙发上，就坐在前天莉莉娅坐过的那个地方，微微眯缝着眼睛，细看着窗玻璃上那些冻结的各种各样的冰花。那都是一些精致悦目而又稀奇古怪的花纹图案，它们来自魔幻王国——那里神奇的八音盒在无声地奏响。这些花纹图案有树枝，有树叶，有树木，还有一些奇形怪状的动物和人。尼基塔看着这些花纹图案，突然感到有些字句自动组合起来变成一首歌儿，并且自动唱了起来，这些非常优美的字句和这首令人惊异的歌儿，竟使他的每一根头发尖都美得痒酥酥的。

尼基塔小心翼翼地从沙发上溜了下来，在他父亲的书桌上找到一张四开的纸，开始用大大的字体写一首诗：

　　啊，你就是森林，你是我的森林，
　　你是我的仙境一样神奇的森林，
　　住满了种种野兽和各类飞禽，

还有自由自在快乐逍遥的野人……

我爱你啊，我的森林……

我是多么爱你，森林……

可是，关于森林，再多写一点都很困难了。尼基塔咬着笔杆，抬头望着天花板。就连写出来的这几句诗，也远不是刚才自动唱起来请求尽情发挥的那些语句。

尼基塔把诗读了一遍，感到还是喜欢它。他把这张纸折成八折，塞进口袋里，跑进了餐厅，莉莉娅正坐在那里的窗户旁缝着东西。他那只在口袋里抓着纸的手，都已汗漉漉的了，可他就是下不了决心把那首小诗拿给她看。

傍晚的时候，维克多回来了，冻得脸上发青，鼻子也肿了起来。安娜·阿波罗索芙娜两手举起啪地一拍，说："他的鼻子又让人给打伤了！你跟谁打架了？马上回答我。"

"我没跟任何人打过架呀，我的鼻子只不过是自己肿起来了。"维克多愁郁郁地回答，说完就走进自己的屋子，躺到床上。

尼基塔进来找他，站在火炉旁。微微发绿的天空上，有几颗细小的星星在闪闪烁烁，就好像是用针尖刺出来的一样。尼基塔说："你愿意听我给你读一首关于森林的小诗吗？"

维克多猛一耸肩，把一双脚放在床背上说："你就这样告诉那个斯捷普卡·卡尔瑙什金，——让他最好不要落到我的手里！"

"你要知道，"尼基塔说，"在这首诗里描写了一座森林。这种森林，你虽然没法子看见，但是谁都知道它……如果你感到烦恼忧伤，想一想这座森林，烦恼忧伤马上就消失了。或者，有时候，你知道，你在梦里梦见了某种好得出奇的东西，你说不出它是什么，可就是觉得它好得出奇——等你醒来，你就一点也记不清它的模样了……你明白吗？"

"不，我不明白，"维克多回答，"而且我也不想听你的诗。"

尼基塔叹了一口气，在火炉旁稍稍站了一会儿，就走了出去。在熊熊炉火熙亮的宽敞的前厅里，莉莉娅正坐在火炉对面一个蒙着狼皮的大箱子上，凝神细看着炉中火焰的颤跃、舞蹈。

尼基塔靠近她同她并排坐在大箱子上。前厅里散发着一股暖暖的火炉的热气、毛皮大衣的气味，以及巨大的五斗柜抽屉里一些旧东西的那种甜蜜而忧伤的气味。

"我们谈点什么吧，"莉莉娅若有所思地说，"你讲一些有趣的事情给我听听。"

"你愿意听我讲讲我不久前做的一个梦吗？"

"好的，那就请你讲讲那个梦吧。"

尼基塔开始讲述那个梦，那只猫，那两张活起来的画像，以及他怎样飞起来，等他飞上天花板时又看见了什么。莉莉娅把那个腿上绑着绷带的洋娃娃抱在膝盖上，聚精会神地听着。

他一讲完这个梦，她就向他转过头来，她那双眼睛由于害怕也由于好奇，睁得圆溜溜的。她悄声悄气地问："花瓶里到底是什么东西呢？"

"我不知道。"

"那里面一定有一件有趣的东西。"

"可要知道那是我在梦里面看见的呀。"

"哎呀，反正一个样儿。你还是应该去看看。你是一个男孩子，你什么都不懂。告诉我，你们家真的有这样一个花瓶吗？"

"我们家真有那样一个座钟，可是花瓶嘛，我就记不得了。座钟就放在曾祖父的书房里，已经不走了。"

"我们去看看吧。"

"那里黑森森的。"

"我们从圣诞枞树上拿一个灯笼去。哦，请你去取一个灯笼来。"

尼基塔跑进客厅，从圣诞枞树上摘下一个带五彩云母方格的灯笼，把它点亮，回到前厅。

莉莉娅披上一条宽大的羊毛头巾。两个孩子偷偷地走进走廊，一溜烟儿溜进了那几间夏天住的房子。黑森森、高隆隆的大厅里，窗户都蒙上了一层毛茸茸的薄薄冰花，月光把树枝的阴影照在窗玻璃上。迎面袭来一股冷丝丝的寒气和一股腐烂的苹果的气味。通往黑漆漆的邻屋的两扇橡木门虚掩着。

"座钟在哪里？"莉莉娅问道。

"还得往前走，在第三间屋子里。"

"尼基塔，您什么都不怕吗？"

尼基塔伸手一拉门，门就惨凄凄地嘎吱嘎吱响了起来，这声音闷沉沉地响彻了那几间空空荡荡的房子。莉莉娅紧紧抓住尼基塔的一只胳膊。灯笼也开始颤抖起来，它那红惨惨、蓝幽幽的光线，在墙上晃个不停。

两个孩子踮着脚尖走进相邻的一间屋子。在这里，月光透过窗户照进来，在镶木地板上照出一个个蓝闪闪的亮方块。靠墙摆着那些有着七彩条纹的安乐椅，墙角里——就是那张腿儿向外弯曲的沙发。尼基塔顿时感到天旋地转，头昏目眩——这屋子、这情景就和他梦中见过的一模一样。

"他们在看着我们呢。"莉莉娅悄声说道，指了指墙上那两幅黑乎乎的画像——那个老头儿和那个老太婆。

两个孩子跑过这间屋子，又打开了另一扇门。书房里满屋子都是明皎皎的月光。书柜的玻璃门和烫金的硬书皮不时微光闪闪。在壁炉上方，那个身穿骑装的女人，全身沐浴在月光中，神秘兮兮地微笑着，看着走进屋来的两个孩子。

"这是谁？"莉莉娅挨近尼基塔，轻声问。

他也轻悄悄地回答："这就是她。"

莉莉娅点点头，开始四处张望，忽然，她大喊一声："花瓶，快看，尼基塔，花瓶！"

果然，在书房深处，摆着一个古老的红木座钟，钟摆的圆盘已经一动也不动了，在座钟顶上两个螺旋形的木顶饰之间，放着一个饰有狮子头像的青铜花瓶。尼基塔不知为什么以前从来都没有注意到它，可是现在他马上就认出来了：这就是他梦里的那个花瓶。

他把一把椅子挪到座钟跟前，再跳到椅子上，踮起脚尖，把一只手伸进花瓶里，在花瓶底上，摸到一片灰尘和一件硬邦邦的东西。

"找到了！"他欢叫一声，把那件东西紧紧握在拳头里，就跳到地板上。

就在这个时候，有一个什么东西从书柜后面呼哧呼哧地朝他喷气——两只紫莹莹的眼睛炯炯发亮。接着，跳出来一只猫，原来是瓦西里·瓦西里耶维奇在书房里捉老鼠。

莉莉娅乱舞着一双小手，抽身往外就跑，尼基塔也跟在她后面跑——他感到似乎有一只手已经摸到了他的头发，那该是多么吓人啊。瓦西里·瓦西里耶维奇耷拉着尾巴，一闪就超过两个孩子，无声无息地飞跑过那几间被溶溶月色照亮的房子。

两个孩子跑进前厅里，坐在火炉旁的大箱子上，吓得几乎喘不过气来。莉莉娅的两个脸颊红通通的。她直盯盯地看着尼基塔的眼睛，问道："什么？"

这时他才把拳头松开。他的掌心里，躺着一个镶着蓝晶晶宝石的细细戒指。莉莉娅惊讶得沉默了半晌，才啪地两手举起轻轻一拍："一个戒指！"

"这是一个有魔力的戒指。"尼基塔说。

"听我说，我们怎么处理它呢？"

尼基塔皱了皱眉头，抓起她的一只手，把戒指戴在她的食指上。莉莉娅说："不，为什么就给我呢？"她看看那块宝石，盈盈一笑，叹了口气，接着，便双手抱住尼基塔的脖子，吻了吻他。

尼基塔脸上红通通、热烘烘的，不得不离火炉远一点。他鼓起所有的勇气，说："这也是给你的。"说着，从口袋里掏出一张折成八折的皱皱巴巴的纸来，那上面写着那首关于森林的诗，他把它递给莉莉娅。

她把纸打开，开始读诗，嘴唇微微动着，然后若有所思地说："谢谢你，尼基塔，我非常喜欢这首诗。"

最后一个晚上

喝晚茶的时候，母亲和安娜·阿波罗索芙娜彼此对看了好几次，并且耸耸肩。阿尔卡季·伊万诺维奇面无任何表情地坐在那里，死死盯着自己的杯子，那神情就好像即使你杀死他——他反正也不会说一句话。安娜·阿波罗索芙娜喝完第五杯奶茶，吃饱了热乎乎的奶油掺鸡蛋甜面饼，推开自己面前的那些杯子、盘子和面饼屑，腾出一块地方来，把一只大手掌心朝下放在桌布上，用她那低沉有力的声音说："不，啊不，啊不，我最亲爱的亚历山德拉·列昂季耶芙娜，我说出的话——那是板上钉钉，绝对算数；好东西每次都不能太多。听着，孩子们，"她转过头去用食指戳了戳维克多的后背，让他别躬着背，"明天是星期一，你们当然早忘了这个了。把茶都喝干净，马上去睡觉。明天早晨天一亮，我们就得动身。"

维克多一言不发地噘起了嘴巴，噘得高过了鼻子尖。莉莉娅马上垂下眼皮，把头俯在茶杯上。尼基塔顿时感到两眼发花，一道道灯光开始晃来晃去。他转过脸来，看着瓦西里·瓦西里耶维奇。

猫儿坐在擦洗得干干净净的地板上，眯缝着眼睛，伸出那条像手枪一样的后腿，在起劲地把它舔干净。猫儿既不会感到寂寞无聊，也不会觉得欢天喜地，它没有必要急急忙忙。"明天，"它想，"又是你们，又是你们人类的——日常工作日了，你们又得做算术题，又得做听写练习了，而我这个猫呢，没有假期庆祝什么节日，没有写过什么诗，也没有吻过什么女孩子——所以，我明天倒是轻轻松松、舒舒服服。"

维克多和莉莉娅都喝完了茶。他们看了一眼自己母亲那早已皱紧的浓眉，说了声"晚安"，就和尼基塔一起走出了餐厅。安娜·阿波罗索芙娜追着喊了一声："维克多！"

"什么事啊，妈妈？"

"你是怎么走路的？"

"又怎么啦？"

"你走起路来，就像在踩橡皮筋一样，慢慢腾腾的……走得朝气蓬勃些。不要在屋子里绕圈子。门——就在那边。把腰挺直……你这一辈子能干什么，我真不知道！"

孩子们走了出去。来到暖暖和和、半明半暗的前厅，在两个男孩必须向右转的地方，尼基塔在莉莉娅面前停住脚步，不时咬几下自己的嘴唇，说："你们夏天会到我们这里来吗？"

"这得由妈妈决定。"莉莉娅细声细气地回答，没有抬起眼睛。

"你会给我写信吗？"

"好的，我给你写信，尼基塔。"

"那好，再见吧。"

"再见，尼基塔。"

莉莉娅点点头，头上的蝴蝶结也跟着前后晃动，她伸出一只手，把指尖递给尼基塔，然后，走向自己的房间，头都不回，径直向前，一本正经。望着她的背影，你简直就是一头雾水，一点也搞不清她的心思。就像安娜·阿波罗索芙娜所说的那样，"一个太冷静、太庄重的性格"。

这边维克多一边埋天怨地，嘟嘟囔囔，一边把书和玩具放进一个篮子里，把一些贴着的小图片取下来藏到一个小盒子里，又爬到桌子底下去找他的小折刀。这时，尼基塔一句话也不说，只是飞快地脱了衣裳，躺到床上，用被子蒙住脑袋，假装睡着了。

他觉得，在天亮的时候，一切都完了。当他蒙蒙眬眬合上眼睛进入睡乡的时候，一个他从此一辈子也无法忘记的墙上影子一样的巨大蝴蝶结，最后一次出现在眼前。在梦中，他听到有人说话的声音，听到有人走到他的床前，然后这些声音渐渐远去。他看见一张张暖熏熏的手掌一样的树叶，一棵棵巨大的树木，一条红赫赫的小路，穿过密密麻麻的灌木丛，轻轻分开两边的草木，展现在他眼前。置身这红光笼罩的奇异森林中，甜蜜得心灵发颤，并且产生一种从未有过的忧伤，想要放声大哭。一个戴着金丝眼镜的红皮肤野人的脑袋，从宽大的树叶中钻了出来。"啊哈，你还在睡觉！"他响雷般大喊一声。

尼基塔睁开双眼。早晨那暖乎乎的阳光照在他的脸上。阿尔卡季·伊万诺维奇站在他的床前，正用一支铅笔头儿轻轻敲着他的鼻子："起床，起床，调皮鬼。"

离别的滋味

一月底，尼基塔的父亲瓦西里·尼基季耶维奇寄回了一封信："……我实在是无可奈何，遗产的事情还得耽搁我很长一段时间，亲爱的沙莎——看来，要办妥这件事，我还得亲自到莫斯科去忙碌一阵子。不管怎样，在大斋①前我们会团聚的……"

这封信让母亲很是发愁，在晚上，她把信给阿尔卡季·伊万诺维奇看，说："上帝保佑他，这个遗产的事情可真把我们烦透了；整整一个冬天我们都是在离别之中度过的。有时候我甚至感到，尼基塔已经快要把父亲都给忘记了。"

她扭过头去，开始凝望着那个结满了冰花的黑乎乎的窗子。

窗外已是深夜，那样的彻骨严寒，以致花园里的树木都发出喀喀的裂声，阁楼上的横梁啪啪地爆裂，声音是那么响亮，连整栋房子都给震动了，而每到早晨，人们总会在雪上发现一只只冻死的麻雀。母亲用手帕轻轻地擦了擦眼睛。

"是啊，离别呀，离别。"阿尔卡季·伊万诺维奇念叨着，而且很可能是想起了自己的离别——伸出一只手到口袋里去摸信。

这时候，尼基塔正在画一张南美洲的地图，白天他和母亲进行了一次解释性的长谈，母亲为他着急，并且以事实说明，他在节日假期里变懒了，而且一再放纵自己，显然，他将来满足于做一个乡文书或者别泽尼曲克电报局的电报员。"晚上，你必须丢开那些傻里傻气的无聊图画，"她说，"画一张

---

①大斋是基督教为教徒规定的斋期——春季复活节前的七个星期，其间不许吃肉类等荤食，禁止娱乐和结婚，还有其他一些禁忌。

南美洲的地图。"

尼基塔一边画着南美洲地图，心里一边在想——难道我已真的忘记父亲了？没有。就在亚马孙河，也就是经度和纬度的那个十字交叉点上，他看见了父亲的面影——红堂堂的脸盘，亮彩彩的眼睛，白灿灿的牙齿，笑盈盈的脸上黑油油的胡子朝两边分开，还有那响亮的哈哈大笑声。你可以傻坐几个钟头，紧盯着他那张嘴，被他讲的故事逗得几乎笑死。母亲常常责备他无忧无虑，轻浮冒失，不过，他的性格中的确有某种太活跃的东西。比如说，父亲会突然冒出一个想法，庄园的三口池塘里，水面上浮得满满的全是青蛙，白白丢掉太可惜呀，于是，他好几个晚上都整晚整晚地谈论这件事——怎样养肥它们，养大它们，用盐腌起来，然后一大圆桶一大圆桶地寄到巴黎去卖。"要笑由你笑，"他对听了这事连眼泪都笑出来了的母亲说，"可你很快就会看到，我用这些青蛙发了大财。"父亲吩咐把花园里的池塘围上栅栏，然后煮了一种面、糠、草、麦麸等的混合饲料去喂它们，并且把一部分试验用的青蛙带回家里，直到母亲站出来声明，这个家里有她就没有青蛙，有青蛙就没有她，这些青蛙叫她怕得要死，又说，住在遍地都是脏兮兮青蛙的房子里，使她非常厌恶。有一次，父亲到城里去，从那里派大马车送来一些旧橡木门和窗框，并且捎来一封信："亲爱的沙莎，我非常碰巧十分便宜地顺利买到了一批窗框和门。这恰好是我们所需要的，你该记得，你曾希望在托波列夫小山上建一座亭子。我已经和建筑师谈过，他建议建一座我们冬天愿意住都可以住进去的亭子。我已预先感到欣喜，要知道我们的房子坐落在最洼地之处，从窗户里一眼望去——什么风景也看不到。"

妈妈唯有放声大哭：迄今为止，阿尔卡季·伊万诺维奇的薪水，都已经整整三个月没有付了，而他突然又冒出了新的开支……她坚决反对建造亭子，于是，那些窗框和门就那样放在板棚里腐烂着。

后来，父亲突然又陷入狂热之中——改善农业设施——结果又是一场灾难：从美国订购了一些机器，还亲自跑到火车站去把它们运回来，教雇工们应该怎样使用，教得怒气冲冲，对所有的人都大喊大叫："你们这些该死的魔鬼，小心点儿啊！"

过了一段时间以后，母亲问他："噢，你那台古怪的割捆机怎么样了啊？"

"什么怎么样了？"父亲用手指头吧啦吧啦地敲着窗户，说，"那是一台了不起的好机器。"

"我看见了，它就丢在板棚里呢。"

父亲耸耸肩，飞快地捋顺他那朝两边分开的大胡子。

母亲温柔地问道："它已坏了吗？"

"这些蠢货美国佬，"父亲气冲冲地嗤了一声说，"想出来的尽是一些每分钟都要坏的机器。我可没有任何过错。"

尼基塔一边画着亚马孙河和它的支流，一边满怀爱意和温情的欢乐思念着父亲。他问心无愧——母亲说他忘记了父亲，实在是冤枉了他。

忽然，墙里面砰地响了一声，就像手枪打了一枪。母亲大叫哎哟一声，手里正在织的编织物掉落到地板上。刺猬阿希尔卡气恨恨地在大衣柜底下哼哼啊啊地叫了起来。尼基塔看了一眼阿尔卡季·伊万诺维奇，他假装在读书，实际上他的双眼是闭着的，尽管他没有睡着。尼基塔开始可怜起阿尔卡季·伊万诺维奇来：这个可怜的人，老是在思念着自己的未婚妻瓦莎·尼洛芙娜，城里的一个女教师。这就是它，离别的滋味啊！

尼基塔用一只拳头托住腮帮，马上想起了自己的离别。莉莉娅曾经就坐在桌旁的这个位子，可是现在她不在这里了。多么叫人忧伤啊——她曾经就在这里，可现在她又离去了。而就在这张桌子上——还有着她洒下的糨糊的污迹呢。而她那蝴蝶结的影子，以前也常常被映照在这面墙上。"幸福的日子已经飞走了。"尼基塔刚刚想到的这句极其忧伤的话，使他的喉咙发紧发硬，酸痛起来。为了不忘记这句话，他把它写在南美洲地图底下："幸福的日子飞走了。"接着他便继续画地图，却把亚马孙河完完全全地画错了地方——经过巴拉圭和乌拉圭流向阿根廷的火地岛①。

---

①亚马孙河是世界上水量最大的河流，是一条南美洲河流，主要在巴西境内，与巴拉圭、乌拉圭及阿根廷相距很远，几乎是一北（巴西）一南（其他三国）。

　　"亚历山德拉·列昂季耶芙娜，我认为，您说得对：这孩子确实是在准备做别泽尼曲克电报局的电报员呢。"阿尔卡季·伊万诺维奇用平静的声音说，那声音却使你感到浑身像爬满了蚂蚁一样难受，原来，尼基塔在地图上的作业，他早已不声不响地看了老半天了。

单调无聊的生活

严寒与日俱增。寒冷彻骨的风连树上凝结的冰霜都吹落了。积雪上蒙上了一层硬壳似的雪面冰层，冻得惨兮兮饿得饥肠辘辘的狼，或者形单影只，或者结伴成对，都趁着黑夜从冰层上跑到田庄里来了。

沙洛克和卡托克一闻到狼的气味，就愁戚戚地开始哀嚎，不时嗥叫那么几声，趴在马车棚底下，用一种令人厌烦的尖细声音，哀号着——"汪——汪——汪——汪——汪……"

一只只狼从冰冻的池塘上跑过来，站在芦苇丛里，嗅着庄园里散发出的人的气息。它们胆子越来越大，竟钻进花园，坐在房子前面积雪的林间空地上，瞪着一双双绿幽幽、亮闪闪的眼睛，凝望着那些结满了冰花的黑乎乎的窗子，在冷浸浸的黑暗中，抬起头来，最初发出的是像诉怨一样的低沉的呜呜声，接着便绷紧饥饿的喉咙把声音提得越来越高，越来越大，越来越响，于是就变成了连绵不断的哀嚎——越嚎越高，越嚎越高，让人感到锥耳钻心，毛骨悚然……

听着群狼的这些嚎叫声，沙洛克和卡托克吓得把头都藏进了干草里，毫无知觉地躺在马车棚底下。雇工们的住房里，木匠帕霍姆睡在火炉上的炕上面，盖着自己的羊皮袄，被狼嚎声搞得翻来覆去，难以入睡，只好半睡半醒地小声嘀咕着："噢，上帝啊，上帝啊，我们的罪孽多么深重！"

这些天来，家里的日常工作全面铺开了。红艳艳的一片朝霞，刚一照到蓝幽幽、黑乎乎的窗户上，毛茸茸的玻璃刚刚透出一点亮光，屋顶上才闪出一抹微蓝，大家就都一个个早早起床了。

　　屋子里到处是火炉子的门在噼里啪啦地响。厨房里，那盏洋铁煤油灯还在亮着。传来一股茶炊和热乎乎的面包的气味。人们在喝早茶的时候也坐不多久。母亲把餐厅的桌子收拾干净，把缝纫机放在上面。从佩斯特拉夫卡村请来了一个家庭女裁缝——驼背、麻脸的索妮娅，她的一颗门牙由于长年咬线早已豁了，她和母亲一起缝制各种日用的衣物。她们一边缝纫一边低声交谈，有时撕开细棉布，发出"哧哧"的裂布声。女裁缝索妮娅是一个如此枯燥无味的老处女，就像在一个柜子里放置了多年，刚刚把她找出来，稍微清洗了一下，就让她坐下来开始缝纫。

　　阿尔卡季·伊万诺维奇这些日子对学习逼得更紧了，而且，就像他惯常说的那样，跳了一大步：开始学习代数——一个枯燥无味到极点的科目。

　　学习算术，至少还可以从那里面想出各种各样无用但好玩的事情：那从三根水管放水进去、里面有死老鼠的锈迹斑斑的蓄水池；那永远是一个模样的"某个人"，他穿着一件用漆布①做成的燕尾服，长着一只长鼻子，常常把三种咖啡混合在一起，或者一下子买了那么多佐洛特—加龙省尼克②的铜；还有那个总是卖两卷布的倒霉的商人。然而，在代数里你就抓不住任何东西，里面一点有生气的东西也没有，唯一让你觉得好玩的是，代数课本的硬书皮散发出的胶水味，还有阿尔卡季·伊万诺维奇朝着尼基塔的椅子俯身解释一些法则的时候，他的脸反映在墨水瓶上，圆鼓鼓的，活像一个带把的高水罐。

　　阿尔卡季·伊万诺维奇上历史课的时候，总是背朝火炉站着。他那黑色的燕尾服，棕红的胡子和金丝眼镜，倒映在白溜溜的瓷片上，真是妙不可言，妙得出奇。阿尔卡季·伊万诺维奇正讲到矮子丕平③在苏阿松怎样砍破募款箱，他抡起一只胳膊，用手掌使劲地砍着空气。

　　"你必须记住的是，"他对尼基塔说，"像矮子丕平这样的人，与众不同的就是他们具有坚不可摧的意志和勇猛刚毅的性格。他们绝不会像某些人

---

①漆布是用漆或其他涂料涂过的布，多用花布或有颜色的布做底子，一般用来铺桌面或做书皮等，这里，尼基塔想象为某人的衣服，而且是出席正式场合穿的常礼服——燕尾服，带有小孩想象的滑稽味。
②佐洛特—加龙省尼克是旧俄重量单位，1佐洛特—加龙省尼克约等于4.26克。
③矮子丕平（714—768），原任宫相，751年推翻墨洛温王朝最后一个国王，自己做了法国国王，建立了加洛林王朝。

那样躲避工作，也绝不会时时刻刻睁大眼睛盯着墨水瓶，因为那上面一个字都没有写，他们甚至压根儿就不知道这样一些可耻的字句，像'我不会'或者'我累了'，等等。他们任何时候都不会把自己额上的一绺头发搓来捻去的，而不去掌握代数的规则。因此，这就是，"他把那本夹着他中指的书高高举起来，"迄今为止他们一直是我们的榜样的原因……"

母亲经常在吃过中饭以后对阿尔卡季·伊万诺维奇说："如果今天又是零下二十度，可不能让尼基塔出去玩。"

阿尔卡季·伊万诺维奇走到窗户旁，朝着玻璃上的一小块地方哈了一口气，那地方的外面挂着一个温度计。

"零下二十一度半，亚历山德拉·列昂季耶芙娜。"

"唔，好极了，我早就觉得会是这样，"母亲说，"尼基塔，你去找点什么事做做吧。"

尼基塔走进父亲的书房，爬上靠近火炉的皮沙发，打开詹姆斯·费尼穆尔·库柏[①]的一本奇妙迷人的书。

暖融融的书房里是如此静寂寂的，竟使他的耳朵里开始响起一种隐隐约约的嗡嗡声。独自一人在沙发上，在这隐隐约约的嗡嗡声里，可以想出多少稀奇古怪的故事啊。一道道白闪闪的光线透过结满冰花的玻璃流进屋里。尼基塔读着库柏，随后，皱紧双眉，想了好久好久，他想起了一片无边无际、广阔无垠的北美草原，青草绿油油的，在风中绿浪滚滚，沙沙作响；满身花斑的北美草原野马，都转过喜滋滋的脸来，大声嘶叫着奔驰；昏蒙蒙的科迪勒拉山[②]大峡谷；一道白亮亮的大瀑布，在它上面是印第安种族古龙

①詹姆斯·费尼穆尔·库柏（1789—1851），美国第一个"自己的小说家"，创作了许多作品，最重要的作品是以绰号"皮袜子"（一译"皮裹腿"）的纳迪·邦波为主人公的五部小说——"皮袜子系列小说"：《开拓者》《最后一个莫希干人》《大草原》《探路人》《猎鹿人》。情节曲折，悬念迭起，故事激动人心，生动地描写了"皮袜子"与北美大自然（草原、森林、动物等）以及印第安人的关系，已成为美国家喻户晓、妇孺皆知的文学名著，对美国后来的"西部小说""西部电影"有较大的影响。

②科迪勒拉山系全长1.8万余公里，是世界上最长的山系，纵贯美洲大陆西部。北起阿拉斯加，南到火地岛。包括北美洲科迪勒拉山系和南美洲科迪勒拉山系（或安第斯山脉），北美洲最高峰为麦金利山（6193米），南美洲最高峰为阿空加瓜山（海拔6960米）。该山系既是气候的分界线，又是大西洋和太平洋的分水岭。此处指北美洲的科迪勒拉山系。

人①的一个酋长，头上装饰着羽毛，手里拿着一杆长长的火枪，一动不动地站在塔糖形状的峭壁上。在密林深处，在一棵粗滚滚大树树根中间的一块石头上，坐着他本人——尼基塔，用一只拳头支撑着脸颊。在他脚下，篝火熊熊，青烟袅袅。密林中是这样的静谧，竟使他听见了耳朵里响起的隐隐约约的嗡嗡声。尼基塔到这里来是为了寻找被阴谋抢走的莉莉娅。他身手不凡，多次立下大功，多次把莉莉娅抢回，驮在烈性十足的野马上，奋力翻越一道道峡谷，机智利落地一枪把古龙人的酋长从塔糖形的峭壁上打了下来，可那个酋长每次又站回到那块峭壁上去；尼基塔把莉莉娅夺了又救，救了又夺，就这样一而再再而三地夺她救她，没完没了，不知疲倦。

只要不是很寒冷，母亲都允许他到室外活动，尼基塔就独自一人在院子里到处徘徊。以前和米什卡·科里亚绍诺克所玩的那些游戏，他都感到腻烦了，而且米什卡这些日子大部分时间都坐在雇工住的房子里，在那里玩纸牌——玩弹鼻子的游戏，输了让人弹鼻子；或者玩同花牌，输了被人揪头发。尼基塔走到井边，突然想起来了：正是从这里他看见了屋子窗口里那个世上唯一的蓝蝴蝶结。那个窗户上现在已空空如也。而就在马车棚附近，沙洛克和卡托克从积雪下面挖出一只死寒鸦②——这正好就是那一只寒鸦：莉莉娅在它身边蹲下身子，说："多么可惜呀，尼基塔，你看吧——一只死鸟。"尼基塔把寒鸦从狗嘴里夺了过来，把它带到地窖口上的小棚中，并且埋在雪堆里。

走过堤坝的时候，尼基塔又记起了圣诞枞树晚会后的那个深夜，他怎样从溶溶月色中高巍巍、白乎乎的白柳树下走过，他那黑黑的影子跟在他身旁轻快地移动。为什么当时他没有高度珍惜身边发生的一切呢？当时他真应该闭上双眼，全神贯注，好好体会一下——他的幸福有多么大。唉，现在呢——只有寒冷刺骨的风在黑乎乎的冰冻白柳间呼啸，在池塘上，风吹集的雪，真

①古龙人是北美印第安人的一个部族，操易洛魁语，其后裔现住加拿大洛雷特维尔保留地，约有1000人。
②鸦科的一种，形状跟普通乌鸦相似，身体较小，体长约30厘米，叫声较尖，颈部和腹部灰色，其余部分黑色。分布在欧亚大陆、西北非。生活在山野中，吃小虫，对农作物有益。

正堆成了一座小小冰山，他和莉莉娅那时坐在滑雪车上，从山上往下滑——当时莉莉娅紧闭双唇，皱着眉头，死死抓住滑雪车的两边。当时所有的痕迹，现在都已埋在茫茫白雪下了。

尼基塔走过院子外边一片硬邦邦的雪面冰层，院子北面，风吹集的雪堆跟茅屋的屋顶一样高。从那里往外可以看见整个一大片平展展、白蒙蒙的旷野——在白茫茫的寒气中和天空连成一片的荒野。吹来一阵旋风，低低地卷起一团雪，又像烟柱一样盘旋而去。羊皮袄的下摆也被吹得往后直翻。从雪堆的尖顶上吹下一片细雪来。尼基塔自己也不知道，为什么他老想站在这里凝视这一片白茫茫的荒野。

母亲已经开始注意到，尼基塔闷闷不乐地到处徘徊，她跟阿尔卡季·伊万诺维奇说了这件事。他们决定停上代数这门功课，让尼基塔早一点睡觉，而且，按阿尔卡季·伊万诺维奇极不聪明的说法，"把他浸到" 蓖麻油里好好洗洗。

这一切办法都按部就班地实行了。阿尔卡季·伊万诺维奇发现，尼基塔高兴多了。然而，真正的治愈者只是在三个星期后才到来：从南方刮来一股湿润润的狂风，伴着在大地上空疾飞而过的团团乱云，让田野、花园、庄园，全都笼罩在一片灰苍苍的雪雾里。

白　嘴　鸦①

　　星期天，做工的瓦西里、米什卡·科里亚绍诺克、牧童廖克西亚和阿尔乔姆——一个长着长长的鹰钩鼻子、虎背熊腰但背有点驼的庄稼汉，在雇工住的房子里玩纸牌。阿尔乔姆是一个没田没地没马的贫苦农民，一辈子都在给人当长工，总想结婚，可是姑娘们都不愿嫁给他。这些日子，他开始看上了杜尼雅莎，一个料理牛奶事务的姑娘，一个脸颊红扑扑的美人儿。她整天在牲口棚到地窖口上的小棚、厨房之间奔来跑去，手里拎着的细长白铁桶丁零当啷地响个不停，她身上总是散发出一股非常好闻的新鲜牛奶味，当雪花飘飘，落到她那红扑扑的脸上——这雪花马上就会咝咝响着融化。她是一个十分爱笑的姑娘。阿尔乔姆无论在什么地方——不管是从粮仓里搬运麦麸，还是在清扫羊圈——只要一看见杜尼雅莎，就马上把手里的大叉子往地里一插，就像骆驼那样迈开长腿，大步流星地追了过去。走到杜妮雅莎身边，他总是摘下帽子，鞠躬问好："您好，杜尼娅。"

　　"您好。"杜妮雅莎把两只桶放在地上，用围裙遮住嘴巴。

　　"还在为了牛奶跑来跑去吗，杜尼娅？"

　　这时杜妮雅莎赶紧弯腰提起两只铁桶——这太可笑了，她几乎就要笑出声来——在结了冰的小路上踏雪飞跑，一直跑进地窖口上的小棚里，把铁桶砰地往地上一扔，连珠炮似的对女管家瓦西莉萨说："那匹骆驼又求我嫁给他了，哎哟，我的娘呀，可把我笑死了！"于是她放声哈哈大笑起来，整

---

①又叫秃鼻乌鸦或秃鼻鸦，鸦科的一种鸟，长约45厘米，分布在欧亚大陆，成大群筑巢于高大的乔木树上，能捕杀有害昆虫。

个院子都听见了这响亮的笑声。

尼基塔来到雇工住的房子里。今天，他们正在用土豆和羊头熬汤吃，屋子里弥漫着好闻的羊肉味和新烤的面包味。被人们从街上带来的湿漉漉的泥雪弄脏了的门边，放着一个木盆，木盆的上方挂着一个有壶嘴儿的瓦罐。帕霍姆坐在火炉边的一条长板凳上，乌油油的头发垂到了他那麻点斑斑的额头上和气呼呼地皱着的双眉上。他正在缝补一只皮靴筒儿：他用锥子小心翼翼地在皮子上钻个孔，脑袋往后一仰，眯缝着眼睛，用猪鬃毛做成一根绳子，抹上蜡，穿进那个孔里，两个膝盖紧紧夹住皮靴筒子，把绳子往两边拉匀。他皱着眉头瞟了一眼尼基塔——他正气得七窍生烟：他刚和女厨子大吵了一场，因为她把他那代替袜子的包脚布①挂起来烤干，结果被火烧了。

玩牌的人围坐在桌子旁，他们都穿着整洁的礼拜天衬衫，头发梳得整整齐齐，还抹上了油。只有阿尔乔姆一个人穿着一件几乎是千疮百孔的短呢上衣，头发也没有梳：没有谁照料他，也没有谁给他洗衬衣。玩牌的人把黏糊糊、臭烘烘的纸牌，啪啪地使劲甩在桌子上，大喊大叫着：

"压上，我跟进——10个。"

"压上，也学你，再加50。"

"啊，你看到这个的厉害了吗？"

"啊，你看见这个了吗？"

"一手同花，定局啦！"

"哎哟！"

"喏，阿尔乔姆，遵守规则，伸出鼻子来吧。"

"为什么叫我遵守规则？"阿尔乔姆十分惊讶地看着那些牌，问道，"不对，你们搞错了。"

"把鼻子伸过来。"

阿尔乔姆每只手都抓起一张牌，遮住自己的眼睛。

做工的瓦西里拿起三张纸牌，开始慢吞吞地一下一下抽打阿尔乔姆的长

---

①包脚布是穿树皮鞋或皮靴时脚上裹的一块结实的布，起袜子的作用。

鼻子。其他的玩牌人目不转睛地看着他们，数着打鼻子的次数，怒气冲冲地喝令阿尔乔姆不要动来动去。

尼基塔坐下来和他们玩，马上就输了一局——鼻子给揍了十五下。这时，帕霍姆把皮靴筒子和那套皮靴工具放到长板凳下面，义正词严地说："别的人都已做完日祷①回来了，可你们这些人——连个十字都不在额头上画一下，就只知道玩牌。而且眼看就要在斋期里馋嘴不过地吃起肉来了……斯捷潘妮达，"他站起身来，一边朝放着瓦罐的门边走去，一边大声喊着，"午饭准备开餐！"

女厨子斯捷潘妮达，在厨房里吓得把铁锅的锅盖都掉到了地上。雇工们把纸牌收拾起来。瓦西里转身走向一个角落，在满是蟑螂屎迹的一张小小纸圣像前，开始画十字。

斯捷潘妮达端进一大木碗煮羊头来，碗里冒出香喷喷的腾腾热气，把女厨子扭向一边的脸笼罩在一团白雾中。雇工们一声不响、正经八百地围着桌子坐下，每人拿起一把匙子。瓦西里开始把面包切成一长片一长片的，每个人都分一长片，然后在木碗上笃笃地一敲，于是午餐就开始了。这顿羊头熬汤真是美味可口。

帕霍姆没有和大家一起坐在桌子旁，他只拿了一长片面包，又回到火炉边的长板凳上。女厨子给他送来一些热乎乎的土豆和一个木盐罐。他在按照斋期的规定吃东西。

"包脚布，"帕霍姆小心翼翼地把热气腾腾的土豆掰成两半，把另一半蘸上盐，对她说道，"包脚布给烧掉了；又烧了一回，你这笨娘们；还烧一回，你真是个蠢货。就是这样。"

尼基塔走到院子里。这是一个烟雾蒙蒙的日子。吹刮着潮润润、阴冷冷的风。显露出来的牲口粪，使得像细颗粒的盐一样的灰色积雪，变得黄乎乎的。拐向堤坝的雪橇路，上面到处是牲口粪和小水洼，已经高出旁边的雪地了。棚屋的原木墙，黑乎乎的茅屋屋顶，光秃秃的树木，宽大而没有刷过

_____
①这是东正教正午前在教堂做的一种祷告，天主教称为弥撒。

油漆的木屋——所有这一切，都是灰扑扑、黑乌乌的，轮廓清清楚楚。

尼基塔走向堤坝。老远老远，他就听到湿乎乎的树林在沙沙作响，就像河水在远处流过水闸发出的喧闹声。沙沙摇荡的白柳梢头，笼罩着一团团低低飞驰的乱云。一群黑茸茸的鸟儿在乱云中，在摇来晃去的树枝间，上下飞舞，左右盘旋，哇哇哇哇地发出一阵阵粗哑沉闷、惊慌不安的大叫声。

尼基塔停住脚步，仰起头来，张大了嘴巴。这群鸟儿就像是从湿蒙蒙、黏糊糊的风里钻出来的，就像是被那些乱云带过来的，它们紧紧抓住沙沙摇荡的白柳树枝，哇哇地高声诉说着那些动荡的日子，痛苦的经历，快乐的时光——尼基塔屏息敛气地听着，他的心怦怦地狂跳起来。

这都是一些白嘴鸦，它们随着初春的第一次风暴，飞回旧居，飞回自己那支离破碎的老巢。春天已经到了。

车轮上的小屋

　　湿乎乎的风狂吹了整整三天，把积雪都给吃掉了①。高一点的地方，一块块耕地显露出来，就像一道道黑色皱纹。空气里弥漫着解冻的雪、牲口粪和牲口身上的气味。牲口棚的门一打开，母牛们就互相挨挨挤挤、争先恐后地犄角相碰着，哞哞哞哞地大声叫唤着，奔向井边。那匹公牛巴扬一闻到春风的味道，就凶猛地放肆狂吼。米什卡·科里亚绍诺克和廖克西亚，用两根鞭子才勉勉强强把牲口赶回堆满牲口粪、臭气熏天的牲口棚里。他们把露天马厩的大门打开——马儿们都像喝醉了一样，无精打采地走出来，浑身黯淡无光，毛儿脱落不少，脏兮兮的鬃毛稀稀松松地耷拉着，肚子圆鼓鼓的。韦斯塔正在马厩旁边的一个贮藏室里生小马驹。一群湿漉漉的寒鸦，无缘无故地忙忙乱乱着，高声大叫着，在屋顶上空飞来飞去。屋子后面，地窖口上小棚的那边，一群乌鸦在围着啄食雪底下露出来的动物尸体。而树木总是不停地沙沙作响，发出一种忧郁低沉、惊慌不安的声音。在堤坝上空，在白柳丛中，在乱云之间，白嘴鸦飞来飞去，哇哇大叫。

　　这些日子，尼基塔每天都头痛不已。他昏昏欲睡，但又惶惶不安，在院子里到处徘徊，又沿着泥泞不堪的大路，走向打谷场，那里一个个麦秸垛和一堆堆麦壳、秕糠，散发出一股麦粒和老鼠的混合气味。他六神无主，心慌意乱，感到好像就要发生一件什么极其可怕的事情，一件既无法明白也难以躲避的事情。一切——大地、野兽、牲口、飞鸟，对于他来说，不再是那么明白易懂、亲善友爱——而开始变得疏远陌生、满怀敌意、阴郁不祥。就

————————————
①这是作者一种形象的说法，实际是指在暖风的劲吹下，积雪都融化了。

要发生一件什么事情——一件莫名其妙不可理解的事情，一件罪孽深重得让你只想死掉的事情。于是，他虽然感到有气无力，而且那风，那动物尸体的腐烂味，那嘚嘚的马蹄声，那牲口粪，那所剩无几的松散的积雪，这一切都使他头晕目眩，可是好奇心仍然紧紧缠揪着他，把他牵引到这一切之中。

当他满身散发着狗的气味，湿淋淋、痴呆呆地回到家里，母亲目不转睛地看了他好一会儿，不过眼睛里没有一点慈爱，只有责备。他不明白，她为什么要恼怒，这一点更使他心烦意乱，尼基塔痛苦极了。过去这几天里，他没有做过任何坏事错事啊，可是他仍然感到惴惴不安，似乎他确实在不知不觉中犯过什么弥天大罪一样。

尼基塔沿着麦秸垛背风的那一边往前走。在这个麦秸垛上，还残留着一个个洞穴，那是雇工们和姑娘们深秋时候掘出来的，那时他们正要打完最后一批小麦。深夜，他们就爬进洞穴和地洞里睡觉。尼基塔于是记起了他曾听到的那些话，那是黑暗中从这堆散发着麦香的暖乎乎的麦秸垛里传出来的。他觉得麦秸垛是个危险可怕的地方。

尼基塔走近耕地农民的一座木棚，木棚立在离粮仓不远的田野里——是一座建在车轮子上的木板小屋。这间小屋的小门，只有一边固定在合页上，因此在风中不停地摇来晃去，闷郁郁地吱吱响着。小屋里空空荡荡的。尼基塔登上那架仅有五级小杆子的小楼梯，走了进去。屋里有一个小小窗户，安着四块小玻璃。地板上还覆盖着一层白雪。在屋顶下面的一面墙上，有一个木架子，还乱摆着去年秋天就放在那里的一把被老鼠啃坏的木勺子，一个装植物油的瓶子和一把小刀的刀柄。风在屋顶上发出阵阵呼啸。尼基塔站在那里，猛然想起自己眼下独自一人，孤零零的，没有一个人爱他，大家都在生他的气。世上的一切——都是湿腻腻、黑沉沉、阴森森的。泪水蒙住了他的眼睛，他感到锥心的痛苦：怎么会不痛苦呢——孤零零、孤零零地置身于整个世界里，置身于这空落落的小棚子里。

"上帝啊，"尼基塔低声说，冷飕飕的寒战倏然从他的背上掠过，"啊，上帝呀，让一切都重新好起来吧。让妈妈爱我吧，让我听阿尔卡季·伊万诺维奇的话吧……让太阳出来，绿草生长吧……让白嘴鸦不要叫得这样可怕吧……让我不再听见公牛巴扬的狂吼吧……上帝呀，啊，请让我又变得轻松快活吧……"

尼基塔一边念叨着这些话，一边鞠躬行礼，急急忙忙地画着十字。当他做完祷告以后，再看着那个木勺子、油瓶子和小刀的刀柄，心里真的感到轻快了许多。他在这间有一个小窗子的半明半暗的小屋里又站了一小会儿，就动身回家了。

这座小屋的的确确帮了他：正当尼基塔在前厅里脱外衣的时候，母亲从旁边经过，起初就像这些日子里常见的那样——用那双灰色的眼睛严厉地直盯盯地看着他，忽然她慈爱地一笑，用手掌摸一摸尼基塔的头发，问他："喂，怎么样——跑够了吗？想喝茶吗？"

瓦西里·尼基季耶维奇的离奇出场

深夜，终于下起了一场大雨，一场倾盆大雨，沙沙嗒嗒地起劲敲打着窗户和铁屋顶，把尼基塔都给吵醒了。他从床上坐起身子，笑眯眯地倾听着雨声。

夜间的雨声妙不可言。睡吧，睡吧，睡吧，它性急地沙沙敲打着玻璃，风儿也在黑暗中一阵阵撕扯着屋前的白杨树。

尼基塔把枕头翻转过来，让冷的那面朝上，又躺了下去，在羊毛编织的被子下面，翻来覆去，直到感到很舒服，才安心睡觉。"一切都会好得出奇，好得出奇。"他想着想着，跌进了一片软绵绵、暖融融的梦的彩云里。

早晨，雨停了。不过，天空还密布着一团团阴沉沉、乌蒙蒙的湿云，从南向北飘着。尼基塔看着窗外，叹了口气。白雪的痕迹连一丝都找不到了。宽阔的院子里，到处都是在风中涟漪频荡的蓝色水洼。雪橇的辙痕，还没有完全被这场大雨吞没——还依稀可以看出，它穿过水洼，轧过被暴风雨揉皱的枯草，奔向远方。白杨树上那嫩芽初绽的浅紫色树枝，在欢天喜地、生气勃勃地摇来晃去。南方乌云的裂口间，露出了一块亮灿灿的蓝天，但马上以惊人的速度飞过了庄园[①]。

喝早茶的时候，母亲焦躁不安，而且老是看着窗外。

"已经五天没有收到信了，"她对阿尔卡季·伊万诺维奇说，"我不知道究竟是什么原因……瞧——已经等到春汛开始了，再过两个星期，大路可都

[①]原文写的确是"蓝天飞过了庄园"，体现了孩子观察事物的直观。实际上，这是指乌云不断移动，裂口间的蓝天不断随之显露，就像蓝天在飞动。

泡在大水中，没法通行了……这样没头脑，真是要命！"

尼基塔明白，母亲说的是父亲——他们正等着他在最近一两天内回来。阿尔卡季·伊万诺维奇出去对大管家说——能不能派一个人骑马去取一下信？不过他马上就回到餐厅里，用含着某种特别意味的调子，大声说道："上帝啊，会发生什么事呢①！……出去听听吧，春水流得多欢！"

尼基塔猛地把门推开，走到台阶上。整个料峭、清新的空气里，充满了春水往下奔流的柔和而有力的哗哗声。这是融雪化成的成千上万条小溪流，漫过犁沟、水渠、水坑，一路奔腾，汇流倾泻到谷底的大沟渠所发出的声音。春水溢满了整个大沟渠，又一路疾驰，奔向大河。河流冲破坚冰，泛出两岸，冲得一块块浮冰、一棵棵连根拔起的小灌木，在它的漩涡里打转，然后飞快上涨，漫过堤坝，又往下奔流进一个个深坑、池塘。

飞驰过庄园的那块蓝天，撕碎并且驱散了所有的乌云，洒下一片蓝闪闪、凉溜溜的光，使院子里那些水洼变成望不到底的一汪汪深蓝，令一条条小溪闪射出一个个耀眼的小光点，让田野中的大湖和谷中水满得漫出了边的大沟渠，倒映出放射着万道金光的太阳。

"天哪，多么好的空气啊！"母亲双手按在细毛披肩下的胸口上。她的脸上绽开了微笑，灰色的眼睛里闪出绿晶晶的光。母亲一笑起来，就比世界上任何人都美丽。

尼基塔跑到院子四周察看都发生了些什么。到处都奔流着小溪，有些小溪消失在灰色的、碎米一样松散的雪堆下面——这些雪堆只要脚一踏上去，就会咕咚一声塌陷下去。不论走到哪里——到处都是水：庄园已经像一座小岛。尼基塔好不容易才勉强走到建在一座小山丘上的铁匠铺里。他从稍稍有点干的一面斜坡上向大沟渠跑去。清粼粼、香冽冽的雪水，漫过去年的枯草，蜿蜒流淌，奔向远方。他用双手捧起一捧水，一口喝完。

大沟渠的前方，还星星点点地残留着一些黄糊糊、蓝幽幽的雪。春水或者冲散它们，把它们带进河道；或者干脆漫到雪上奔流：这叫"纳斯

---

①阿尔卡季·伊万诺维奇这是在悄悄地安慰母亲，说不会发生什么事情。

鲁斯"①，谁要是骑马陷入这样一团雪粥里，那就只有求上帝保佑他了。尼基塔沿着春水旁边的草地往前走：要是能穿过正在干着但仍泥滑滑的两岸，在这种清粼粼、香冽冽的春水里，从一个沟渠游到另一个沟渠，再游过那个波光闪闪、在春风里荡起层层涟漪的大湖，那该多好啊。

大沟渠的对岸，是一片平展展的田野，有的地方已变成褐色，有的地方还残留着一些积雪，但全都淹没在水里，泛起一片闪闪发光的涟漪。远处，有五个骑马的人，骑着没有备鞍的马，慢悠悠地走过那片田野。领头的那个人回过头去，挥动着一束绳子，显然，他是在向其他的人喊什么话。尼基塔看到那匹花斑马，马上就认出他是阿尔达蒙·秋林。最后一个骑马的人，肩上扛着一根杆子。五个骑马的人朝着霍米亚科夫卡走去，这个村子坐落在大沟渠外边一条河流的对岸。这真是稀奇的事儿，一群骑马的男子汉，在春水茫茫的田野里走着，却找不到路。

尼基塔走到下游那口池塘边，大沟渠把一块又宽又大的水布罩在塘里黄糊糊的积雪上②。春水漫满了池塘的整个冰面，泛起一串串小小的浪花。池塘左边那些又高又大、枝丫丛生的白柳树，已经变得柔软而富有活力③，发出一片沙沙的喧声。一群被夜雨淋得湿漉漉的白嘴鸦，摇摇晃晃地栖落在光秃秃的树枝间。

堤坝上弯曲多结的柳树树干中间，出现了一个骑马的人。他用脚后跟不停地踢着那匹瘦兮兮的小马，在马上一起一伏，挥舞着胳膊。这是斯捷普卡·卡尔瑙什金，他飞驰过一个个水洼，向尼基塔叫喊着什么；一团团泥泞的雪块，一片片雪白的水花，从马蹄下飞溅起来。

显而易见，发生了什么事情。尼基塔朝屋里跑去。在后面的台阶边，站着卡尔瑙什金骑的那匹小马，由于长途快速奔驰，两边肚子喘得一鼓一鼓的，——它向着尼基塔摇一摇它的头。他冲进屋里，正好听到母亲那一声

①作家生造的词或方言词，意思是"雪粥"或"雪沼"。
②池塘里结的冰比较厚，因此春雨后塘里的雪还没有融化，春水冲进来灌满了池塘，但清澈透明的春水在塘里的积雪上清晰可见，就像给积雪蒙上了一层透明的罩布，当然小说中指明这一罩布是"水布"，显得新颖生动，符合儿童的新奇想象和创造力。
③指白柳树已经解冻，不再像冬天那样被冻得硬邦邦的。

短促而凄厉的叫声。母亲已走进走廊正中，脸都变了样，一双眼睛——由于极度惊吓，睁得溜圆，变成了白色。斯捷普卡紧跟在她身后，阿尔卡季·伊万诺维奇从旁边的另一扇门里，急急忙忙奔了出来。母亲简直不是走，而是沿着走廊在飞。

"快，快，"她猛地推开厨房的门，大喊大叫着，"斯捷潘妮达、杜尼娅，快跑到雇工的住房去！……瓦西里·尼基季耶维奇在霍米亚科夫卡附近溺水了……"

最可怕的就是"在霍米亚科夫卡附近"。尼基塔顿时感到眼前一片黑暗：走廊里忽然弥漫着一片煎洋葱的气味。母亲后来说，尼基塔当时紧皱双眉，像兔子一样尖叫了一声。不过，他自己记不起有这么一声尖叫。阿尔卡季·伊万诺维奇抓住他，把他拖进教室里。

"你就不觉得羞耻吗，尼基塔，而且，都这么大的人了，"他竭尽全力紧握住尼基塔的一对上臂，一再强调说，"这算什么，这算什么，这算什么？……瓦西里·尼基季耶维奇马上就回来了……显然——他只不过是掉在一条水沟里，把一身浸得透湿……而那个糊涂蛋斯捷普卡把你妈妈给吓坏了……说实话，我准备把他的耳朵给揪下来……"

尼基塔依然看见，阿尔卡季·伊万诺维奇的嘴唇在哆嗦，而两只眼睛的瞳孔已经缩得像两个句号。

与此同时，母亲只披着披肩，就跑向雇工住的房子，不过雇工们早已知道这事，并且在马车棚附近闹闹嚷嚷地忙乱着，把那匹野性十足、强壮有力的公马涅戈尔套到一辆平底雪橇上；他们还从露天马厩里抓来几匹可以骑的马；有人从茅屋的屋顶上摘下一根带钩子的长竿；有人跑去拿了一把铁锹和一捆绳子。杜妮雅莎从房子里飞跑出来，抱了一满抱高领羊皮袄和里外两面都是毛皮的皮大衣。帕霍姆走到母亲面前说："镇定点儿，亚历山德拉·列昂季耶芙娜，让杜尼卡到村里去弄点伏特加①来。我们一把他送回来，马上就给他喝伏特加……"

———————————
①伏特加是俄国的一种烧酒（白酒），酒精度数比较高，是一种烈酒，也可算是俄国的国酒。

"帕霍姆，我亲自同你一块儿去。"

"说什么都不行，回家去吧，会着凉的。"

帕霍姆侧身坐在雪橇上，紧紧地抓住缰绳。"放手！"他冲那几个按住公马辔头的孩子大喊一声。那马打了个响鼻，猛地往前一拉，轻轻快快地带着雪橇，飞跑过一片片泥泞，一个个水洼。雇工们挤成一堆，紧跟在它后面，吆喝着，用绳子鞭打着他们的马，让它们疾驰起来。

母亲久久地望着他们的背影，然后低下头，慢腾腾地走回家。从餐厅可以看见田野和小山背后的霍米亚科夫卡的白柳树，母亲坐在餐厅的窗户旁，派人去叫尼基塔来。他跑了过来，一把抱住她的脖子，把头紧贴在她肩上的绒毛披肩上……

"上帝保佑，尼基图什卡①，让我们躲过灾难。"母亲轻声说，用嘴唇紧紧贴在尼基塔的头上吻了好久好久。

阿尔卡季·伊万诺维奇好几次来到屋里，不停地扶扶眼镜，搓着双手。母亲也三番五次地跑到台阶边去看：他们回来了没有？接着又坐回到窗户旁，并且不让尼基塔离开自己身边。

夕阳还没落山，天色就已变得紫巍巍的了，窗子下半部的玻璃上，蒙上了一层薄薄的冰花——从天黑开始，还是比较冷的。忽然，就在房子外面传来了马蹄踏在泥泞中的扑哧扑哧声，接着便看见了：热汗淋淋、满嘴白沫的涅戈尔，侧身坐在雪橇赶车人位子上的帕霍姆，和在雪橇上一堆高领羊皮袄、里外两面都是毛皮的皮大衣和羊毛毡子中，并从羊皮衣服下露出来的——瓦西里·尼基季耶维奇那红腾腾、笑盈盈的脸，只是那两撇胡子，变成了两根大大的冰溜②。

母亲大叫一声，跳起来飞跑过去，她的脸颤抖起来。

"他还活着！"她刚叫了一声，眼泪就从她那亮闪闪的眼睛里簌簌落下。

---

①俄罗斯人平时喜欢用小名称呼别人，尤其是晚辈，"尼基图什卡"就是"尼基塔"的小名，前面的"莉列奇卡"也是"莉莉娅"的小名。
②冰溜是冬天屋檐下滴水结成的小小冰棍儿。

"我是怎样溺水的"

父亲坐在餐厅里紧靠圆桌的一把宽大的皮安乐椅上。瓦西里·尼基季耶维奇身穿一件软茸茸的驼毛长衫，脚蹬一双暖乎乎的软毡靴，上唇的小胡子和下巴上深棕色的胡子都梳成两绺，他那红堂堂、乐滋滋的脸儿，倒映在茶炊上，就连茶炊也像这个晚上一样欢乐，下面的炉条哧哧哧哧地往外直喷红红的火花，上面则噗噗噗噗地沸腾着雪白的水泡。

瓦西里·尼基季耶维奇喝了一些伏特加酒，兴高采烈地眯缝着眼睛，他那白灿灿的牙齿闪闪发亮。母亲虽然依旧穿着那身灰扑扑的衣服，披着那条绒毛披肩，可是已经一点儿都不像原来的她了——脸上堆满了无法抑制的笑容，紧抿着嘴，下巴微微颤抖着。阿尔卡季·伊万诺维奇戴上了一副只在重大场合才戴的玳瑁镶边眼镜。尼基塔跪在椅子上，肚子紧靠在桌子上，屏息敛气、专心致志地听父亲说话。

杜妮雅莎不停地跑进跑出，拿走这个，送来那个，眼睛睁得圆溜溜的，望着自己的主人。斯捷潘妮达用一口生铁平底煎锅，送进一些"速成品"——大煎饼来，这些大煎饼放在桌上的时候，身上的黄油还在嘶嘶响着——真是人间美味啊！猫儿瓦西里·瓦西里耶维奇，把尾巴翘得高高的，就这样绕着皮安乐椅走来走去，一个劲地转圈儿，在安乐椅上蹭着背、两边肚子、后脑勺，欢天喜地地喵呜喵呜叫着，声音高得很不自然。刺猬阿希尔卡，从碗柜下面探出小猪一样的脸儿来，身上的刺从头到尾都倒伏得平平滑滑的：这说明，它也喜滋滋的。

父亲心满意足地吃了一个热乎乎的大煎饼——斯捷潘妮达真是好样

的！又拿起第二个大煎饼，卷成小圆筒，也三口两口把它吃光——斯捷潘妮达真是好样的！然后喝了一大口奶茶，捋一捋上唇的小胡子，眯缝起一只眼睛。

　　"唔，"他说，"现在我给你们讲一讲，我是怎样溺水的。"于是，他开始讲述起来。"前天，我离开了萨马拉。事情是这样的，沙莎，"眨眼间他变得严肃起来，"我碰巧买到了十分便宜的东西：那个波兹久宁老是纠缠不休——一再要我买他那匹深褐色的公马洛尔德·拜伦。'我要你的公马干什么呢？'我说。'去吧，只不过看一眼。'他说。我一看见那匹公马，就十分喜欢。它漂亮极了，也聪明极了。它斜着一双浅紫色的眼睛望着我，就像在说：'买我吧。'而波兹久宁又缠着我不放，一而再再而三地要我买，而且他还有那么一辆雪橇，全套装备一件不少……沙莎，你不会生气吧，我买这些东西？"父亲握住母亲的一只手。"喔，请原谅我。"母亲只好闭上眼睛：哪怕他把波兹久宁这位地方自治局①主席本人都买了来，难道今天她还能生气？"唔，于是，我就叫人把洛尔德·拜伦给我送过来。接着我又思量起来：怎么办才好呢？我不想让马儿孤零零地留在萨马拉。我把各种各样的礼品装进箱子里，"父亲调皮地眯缝起一只眼睛，"让他们在黎明时把拜伦套在车上，就独自一人出了萨马拉城。起初，有些地方还残留着星星点点的雪，可是后来道路都被冲得七零八落，我的公马累得满身大汗，脚步蹒跚。我决定在科尔德班的沃兹德维任斯基神父家留宿。神父请我吃一种特制的香肠——真是好吃极了！唔，一切都很好②。神父对我说：'瓦西里·尼基季耶维奇，你走不到家啦，你瞧——大沟渠的水今天夜里一定会涨起来的。'而我，不管什么情况，都要动身回家。就这样，我和神父一直争论到半夜。他请我喝一种黑茶藨子③果子露酒，是一种多么好的酒啊！说实话，如果把这种酒运到

①地方自治局是十月革命前的一种地方管理机构，1864年开始设立。它是一种民选机关，被授权管理与每个省、地方的经济福利和需要有关的事务，分省、县两级，各级都设有地方自治局代表会议，三年一选，每年召开一次会议。这是俄国从农奴制专制国家制度向资产阶级的民选制度转变的一个重要步骤。

②这里的"一切都很好"，大概有三层意思：一是指香肠好，二是指神父沃兹德维任斯基好，三是指旅途顺利。

③黑茶藨（biāo）子，虎耳草科的一种灌木，俄罗斯有94种，最主要的品种有茶藨子、红醋果、金茶藨子等，其浆果中含糖、苹果酸、柠檬酸和维生素C，可用于酿酒、做饮料。这种树也可用于绿化。

巴黎去——法国人一定会为它发疯的……不过，这件事我们还是以后再说吧。我刚躺到床上，倾盆大雨就铺天盖地地下起来了。你想象一下，沙莎，我该是多么难受：我就坐在离你二十俄里①的地方，却不知道什么时候能够回到你身边……去他的吧，那场雨，那个神父，和那种酒……"

"瓦西里，"母亲打断他的话，开始严厉地看着他，"我郑重其事地请求你，以后无论何时再也不要做这样冒险的事……"

"我答应你，绝不这样了，真的，"瓦西里·尼基季耶维奇不假思索地随口回答，"就这样……早晨，雨停了，神父去做日祷，而我叫人把拜伦套到车上，就出发了。啊，我的老天爷呀！……我的四周一片汪洋，全是水！不过，公马走起来倒还轻松一些了。我们在没有路面的路上走着，走过齐膝深的冷水，蹚过一个个小湖泊……真美啊……太阳，微风……我的雪橇在漂浮向前。我的双脚都湿淋淋的。真是妙不可言哪！终于，我远远地看见咱们的白柳了。我跑过霍米亚科夫卡，开始试着寻找——一个能轻松安全地渡到河对岸的地方……哎呀，这个下流东西！"瓦西里·尼基季耶维奇嘭地一拳打在安乐椅的扶手上。"我得教教那个波兹久宁，有河的地方必须修桥！搞得我只好绕道到霍米亚科夫卡三俄里外，才蹚水过了河。洛尔德·拜伦真是好样的，它一下子就飞跑到陡峭的河岸上。唔，我们渡过河以后，我就想到，前面那三道大沟渠——就更难渡了。可是，后退已经是不可能的了。我就直奔第一道沟渠。你想象一下吧，沙莎，漂满了白雪的春水已经涨得跟岸一样高了。那道沟渠——你是知道的——大约有三沙绳②深。"

"吓死人了。"母亲说，她的脸色变得惨白。

"我把马从车上卸下来，摘下马颈上的夹板、套包等套具和鞍垫，把它们放在雪橇里，却没想到脱下那件里外两面都是毛皮的双层皮袄——而这就是我溺水的祸根。我骑到拜伦背上——上帝保佑！公马起初死也不愿往前走。我轻轻抚摸它。它嗅了嗅水，噗地打了个响鼻。它后退一步，猛的一

①1俄里等于1.06公里。
②沙绳，一译俄丈，是俄国旧长度单位，1沙绳等于2.134米。

下跳进沟渠，陷进了一片雪粥里。雪粥陷到了它的脖子上。它开始挣扎——可是无法向前挪动一点点。我从它背上爬下来，也陷在雪粥里，只剩下一个脑袋露在水面上。我开始在这片雪粥里挣扎扭动，不知是泅水，还是在爬。可是那匹公马看见我远离了它，就惨兮兮地嘶叫起来——不要丢弃我呀！于是它开始拼命挣扎，半爬半跳地来追我。它追上我，用前蹄从后面踢进我敞开的皮袄里，把我拖到水里面。我竭尽全力挣扎，可是却陷得越来越深，而我的脚又踩不到底。幸好，那件皮袄的纽扣没有扣上，当我在水里挣扎的时候，它就从我身上滑脱了。所以，它现在还在沟渠里呢……我泅出水面，开始大口呼吸，像只青蛙那样，叉开四肢伏在雪粥上，接着就听见咕嘟咕嘟的冒泡声。我回头一看，那匹公马的半个脸都已经沉进水里了，水泡从它的鼻孔里往上直冒：原来它被缰绳绊住了。我只好又回到它身边，给它解开扣环，扯下笼头。它昂起头来，像人一样看着我。我们就这样在雪粥里手抓脚蹬地挣扎了应该有一个多钟头。我感到再也没有力气了，快要冻僵了。我的心也开始结冰了。就在这个时候，我看到，那匹公马不再在水里跳跳蹦蹦地乱踩——它已经掉转身子在往前漂游，这说明，我们终于挣扎着来到了没有雪的纯水里。在水里游泳可就轻松多了，于是我们就随波漂游到了对岸。拜伦首先爬到了草地上，我跟在它后面。我抓着它的鬃毛，于是我们并排往前走——两个都摇摇晃晃的。可是前面还有两道大沟渠……不过，这时我已经看见，雇工们骑着马跑过来了……"

瓦西里·尼基季耶维奇接着还说了几句含糊不清的话，忽然无力地垂下头来。他的脸红通通的，牙齿不断轻轻地嘚嘚嘚嘚交战。

"没什么，没什么，我这是让你的茶炊给热得困乏无力了。"他说着，身子向后一仰，靠在安乐椅背上，闭上了眼睛。他开始打寒战。大家把他放到床上，他陷入梦呓连连的昏迷中……

复活节前一周①

父亲在高烧中昏迷了三天，可是当他一清醒过来，首先问的是——洛尔德·拜伦还活着吗？那匹漂亮公马身体健康着呢。

瓦西里·尼基季耶维奇活泼、欢乐的性格，使他很快就下床行动了：现在可不是在床上闲躺着的时候。春播前的忙碌开始了。铁匠铺里，人们正在熔接犁铧，修整犁具，给马儿钉马掌。粮仓里，人们在用铁锹翻着发霉的粮食，惊动了一只只老鼠，扬起云雾般的尘土。一台簸谷机在棚子里呼啦呼啦地响着。屋子里，正在进行大扫除：窗子都擦得干干净净的，地板也洗得一尘不染，天花板上的蜘蛛网被扫得一丝不剩了。地毯，安乐椅，沙发，都搬到了阳台上，让阳光晒去它们里面的冬天的余气。整个冬天在原来的地方摆惯了的所有东西，都挪动开来，扫净灰尘，重新摆放。讨厌喧嚣的阿希尔卡，怒气冲冲地跑到贮藏室里去住下来了。

母亲亲自擦净那些银餐具和圣像的银框子，打开旧箱子，使空气中弥漫着一股樟脑球的气味，看一看春季的那些衣服，它们已在箱子里压得皱巴巴的，但由于存放了一个冬天，看起来还是新崭崭的。餐厅里，放着几筐煮鸡蛋，尼基塔和阿尔卡季·伊万诺维奇正在用洋葱皮熬的汁液给它们涂色，给它们涂成黄色，然后用纸包上，放进加了醋的开水里，鸡蛋上就煮出了各种各样花花绿绿的图案，然后再给这些"金龟子"涂上亮油,涂上金粉,涂上银粉。

---

①这是大斋戒的最后一周。复活节是基督教的春季节日，庆祝基督被钉死在十字架后的复活，从春分后及3月满月后第1个星期日开始庆祝，这一天，人们见面时互相祝贺基督复活，互吻三次表示祝贺，并互相交换彩蛋（因此，下面写到尼基塔和家庭教师做彩蛋），而且破例允许所有人去教堂随意打钟，所以这时到处都可以听到教堂的钟声。

星期五那天，整个房子都充满了香子兰①和小豆蔻②的气味，大家已经在烤制复活节圆柱形大甜面包了。临近傍晚的时候，母亲的床上已经摆上了十个高高的圆柱形鸡蛋奶油面包和矮矮墩墩的复活节圆柱形大甜面包，它们都用干干净净的毛巾覆盖着。

整个这一周的天气，都是变化无常的，一会儿是乌云翻滚，浓云密布，沙啦沙啦地下着雪糁③；一会儿天空又迅速晴朗起来，从那蓝幽幽的深渊里，倾泻下一片凉冰冰的春光；一会儿又是一场满是湿漉漉雪花的暴风雨。到了晚上，水洼表面会结上一层薄冰。

星期六这天，整个庄园空空荡荡的：雇工住房和主人住房里的人，有一半去了七俄里外的村镇科洛寇里措夫卡参加复活节晨祷。

母亲那一天感到身体不舒服——整整一个星期，她每天都累得筋疲力尽，已经疲惫不堪了。父亲说，他吃过晚饭后马上就要躺下睡觉。阿尔卡季·伊万诺维奇，这些天一直在等着萨马拉的来信，但总是没有信来，只好把自己锁在房里，愁戚戚的，就像一只乌鸦。

他们吩咐尼基塔：如果他想去做晨祷，那就去找阿尔乔姆，并且让他把那匹叫阿佛洛狄特④的母马套在两轮车上，因为它的四只蹄子上全都钉好了铁掌。必须在天黑以前出发，在瓦西里·尼基季耶维奇的一个老朋友彼得·彼得罗维奇·杰维亚托夫家过夜，他在科洛寇里措夫卡村开了一家食品杂货⑤铺子。"顺便说一句，他家里满屋子都是孩子，而你总是习惯于一个人独处，这对你可不太好。"母亲说。

晚霞满天的时候，尼基塔坐在那辆轻便两轮马车上，旁边坐着身材高大的阿尔乔姆，他在那件千疮百孔的厚呢上衣上，低低地扎了一根新的宽腰

---

①兰科植物，约有100种，分布、栽种于热带，有些种的果实含香草醛，用于食品工业和香料工业。这里是用作食品调味。
②姜科多年生草本植物，主要栽培在印度、东南亚、中国南部和斯里兰卡，籽实可作调味香料。
③雪糁（shēn），也叫霰（xiàn）、雪糁子、雪子，是一种白色不透明的小冰粒，其形状多为球形或圆锥形，一般在下雪前或下雪时出现。
④阿佛洛狄特是希腊神话中的爱神、美神，在古罗马神话中被称为"维纳斯"。这里，是借用她的名字来称呼母马。
⑤当时的食品杂货，不仅包括茶叶、糖、咖啡、甜食、干果等，而且还包括鱼子、鱼干、干酪等。

带。阿尔乔姆说:"喔①,亲爱的,帮帮忙吧。"于是,臀部宽大的老阿佛洛狄特低下头,小快步跑了起来。他们跑出了院子,跑过了铁匠铺,越过了黑污污的水漫过车子轮毂的沟渠。不知为什么,阿佛洛狄特老是从车辕里扭头往后看阿尔乔姆。

蓝幽幽的傍晚,倒映在一个个蒙着一层薄冰的水洼里②。马蹄一路嘚嘚地踏着大地,轻便马车辚辚地晃动着向前。阿尔乔姆一言不发地坐着,垂头丧气,他在想着自己对杜妮雅莎的不幸的爱情。绿蒙蒙的天空中,一颗细小的星星,在一抹暗沉沉的夕阳上方,像一小块冰,微微发光。

---

①这是俄罗斯赶车的人催马走的喊声,也可译为"走吧"。
②这里也是儿童的直观感受,把天空和夜晚融成一体了,本来应该是:傍晚蓝幽幽的天空,在结了一层薄冰的水洼里反映出来。

彼得·彼得罗维奇家的孩子们

紧靠天花板的一个铁环里挂着一盏油灯，它那捻得细细的灯芯，燃着蓝幽幽的灯火，发出一股难闻的气味，勉勉强强照亮了房间。

地板上，铺着两床带印花布套的羽绒褥子，散发出一种家庭和男孩子的亲切而舒适的气味。上面躺着尼基塔和彼得·彼得罗维奇的六个儿子——沃洛佳、寇里亚、列什卡、连卡－内季克①，和另外两个更小的——他对他们的名字没有丝毫兴趣。

几个大些的孩子正轻言轻语地在讲着故事，连卡－内季克却老是挨揍——一会儿耳朵被揪一下，一会儿太阳穴被戳一下，好叫他别在旁边牢骚不断，嘀嘀咕咕。两个最小的早已趴着把鼻子埋在羽绒褥子里睡着了。

彼得·彼得罗维奇家的第七个孩子是个小姑娘，名叫安娜，和尼基塔同岁，满脸雀斑，长着一双像鸟儿那样圆溜溜的眼睛，眼里没有一丝笑意，还有一只雀斑多得黑麻麻的鼻子，她不时悄没声儿地从走廊里来到男孩子们住室的门口。每次她一出现，男孩子中就会有一个对她说："安娜，还不去睡，我可要马上起来……"

于是安娜同样悄没声儿地不见了。整栋屋子里都静悄悄的。

彼得·彼得罗维奇是教堂的管理人，傍晚的时候就到教堂去了。他的妻子玛丽亚·米罗诺芙娜，对孩子们说："吵个不停，闹个不休，再吵再闹，我就把你们的脑袋壳全打掉……"

---

①内季克（нытик）在俄语中意为"爱发牢骚的人，爱抱怨诉苦的人"，说明连卡平时爱叫苦抱怨。

　　她在晨祷前要躺下休息休息，并且命令孩子们也躺下睡觉，不许乱动乱闹。列什卡，这个头发蓬乱竖立、脱了门牙的圆脸孩子，在讲着一段故事："去年复活节，我们比赛滚鸡蛋，我赢了整整两百个。我吃啊，吃啊，使劲吃，后来肚子就成了——这样胀鼓鼓的大肚子了。"

　　安娜在门外插话了，她怕尼基塔把列什卡的话当真："这是假话，您不要相信他。"

　　"只有上帝知道，我马上起来了。"列什卡威胁她。

　　门外又悄无声息了。

　　沃洛佳，这个老大，是一个皮肤黝黑、头发卷曲的男孩，他坐起身来，在羽绒褥子上盘起双脚，对尼基塔说："明天我们一块儿到钟楼敲钟去。我一开始敲钟，整个钟楼就都发抖。我用左手敲那些小钟——丁零，丁零。用这只右手敲那口大钟——当，当。那口大钟足足有十万普特①重。"

　　"也是假话。"门外传来耳语般的声音。

　　沃洛佳那么飞快地转过身来，卷发也跟着飘飞起来。

　　"安娜！"

　　"可是我们的爸爸特别特别有力。"他说，"爸爸能够抓住一匹马的前腿把它举起来。当然，我还没有这么大的力气，不过，尼基塔，你夏天再来看我们的时候，我们一块儿去池塘那儿。我们的池塘有六俄里长。我能够爬到树上，从最高的树顶上，往下一头跳进水里。"

　　"我还能，"列什卡插嘴说，"待在水里根本不呼吸，并且看见所有的东西。去年夏天我们去游泳，我的脑袋上爬满了蠕虫、跳蚤和甲虫——各种各样的……"

　　"又是假话。"门外又传来勉强能听见的叹息般的话语。

　　"安娜，小心你的辫子！"

　　"这个小姑娘怎么生就这么一副爱和人作对的讨厌脾气，"沃洛佳叫苦不迭地说，"她总是觉得特别无聊，不停地悄悄溜到我们这里来偷听，然后再

————————
①俄国重量单位。1普特等于16.38千克。

到妈妈那里去告状，说我们打她。"

门外传来了呜咽声。第三个男孩寇里亚，侧身躺着，用一只拳头撑着下巴，总是用一双善良但稍稍有点忧伤的眼睛看着尼基塔。他生着一张长脸，满脸都是温顺的神情，上嘴唇长得很长很长①。当尼基塔转脸朝着他时，他马上眉开眼笑。

"你会游泳吗？"尼基塔问他。

寇里亚眼睛里的笑意更浓了。沃洛佳藐视地说："他把我们所有人的书都给读了。他夏天住在房顶上一个窝棚里，对，房顶上的窝棚。他成天躺着看书，爸爸想送他到城里去念书。而我就得料理家务事了。因为列什卡还小，还得让他到处乱跑。我们伤脑筋的是这一个，这个内季克，"他猛地拨了一下连卡头上一绺鸡冠一样竖立的头发，"他是一个特别让人讨厌的孩子。爸爸说他有一肚子蛔虫。"

"这种病他一点都没有，我倒是生过叮怕的蛔虫，"列什卡说，"因为我吃牛蒡和金合欢的荚子，我还能吃蝌蚪呢。"

"还是假话。"门外又传来呻吟般的声音。

"好啊，安娜，这回，我可要抓住你了。"于是列什卡从羽绒褥子上跳起来冲向门口，撞到了一个睡着的小孩，他还没有醒来，就啜泣起来。然而就像树叶飘飞一样，走廊里——当然，早已没了安娜的踪影，只听见远处的门砰的一声关上了。

列什卡回来的时候说："她躲到妈妈那里去了，反正她逃不出我的手心：我要打得她满脑袋尽是疙瘩。"

"原谅她吧，阿廖沙，"寇里亚说，"你干吗紧追不放呢？"

于是，阿廖什卡②、沃洛佳，甚至连卡—内季克都一齐气呼呼地责难他："怎么倒成了我们紧追着她不放了！是她紧缠着我们不放啊。哪怕你走到一千俄里外，回头看看吧，她准像追债的一样紧跟在后边……没有哪一件

①原文是"从鼻子尖到上嘴唇之间有一段长长的距离"。
②阿廖沙、阿廖什卡，都是列什卡的小名。

事是她看得惯的，我们说了假话啦，做了不允许做的事啦……"

列什卡说："有一次，我整整一天坐在水里的芦苇丛中，就只为了躲开她，结果蚂蟥都差点把我吃光了。"

沃洛佳说："我们坐着吃饭的时候，她却马上去报告母亲：妈妈，沃洛佳抓到了一只老鼠，把它放到口袋里啦。可是，对于我来说，这只老鼠也许是最珍贵的东西。"

连卡－内季克说："她总是站在那里盯着你，能一直盯到你忍不住要哭起来。"

这些孩子在向尼基塔抱怨安娜的时候，早已把母亲吩咐的安安静静躺着、在晨祷前不许说话，忘到了九霄云外。突然，从远处传来玛丽亚·米罗诺芙娜低沉有力、气势汹汹的威胁声："我还得向你们重复一千遍吗！……"

男孩子们立刻就安静了下来。然后，他们低声耳语着，互相推挤着，开始使劲穿上靴子，套上短皮袄，围上围巾，飞跑到街上去了。

玛丽亚·米罗诺芙娜也走了出来，穿着一件崭新的长毛绒大衣，披着一条绣着玫瑰花的肩巾。安娜，围着一条宽大的头巾，紧紧拉着母亲的手。

夜空中，繁星灿灿。飘来一阵阵夹杂寒气的泥土气息。人们沿着一排黑乎乎的木房子一声不吭地走着，辉映着点点星光的小水洼上的冰，在脚下咔咔响着：女人，男人，孩子，都在向教堂走去。远处，集市广场上，教堂的金色圆顶在黑沉沉的天空下已隐约可见。圆顶下面点燃着三盏油灯碟子，分三层排列，一层更比一层低。微风轻轻拂过，火焰柔柔舞动。

坚定的心灵

做完晨祷后，大家回到家里，摆好桌子，准备开饭。到处都是红灿灿的纸玫瑰：复活节甜奶渣糕上摆着，复活节圆柱形大甜面包上放着，就连墙上的糊墙纸上也钉着。窗口上挂着的一个鸟笼里，一只被灯光惊扰的金丝雀，不时发出吱吱的啼鸣。彼得·彼得罗维奇，穿着一件长襟的黑色礼服，笑得那两撇鞑靼人式的小胡子都翘了起来——这是他的老习惯了，他给每个人的高脚玻璃酒杯里都斟满樱桃酒。孩子们开始剥鸡蛋，舔匙子。玛丽亚·米罗诺芙娜太累了，她连披肩都没解，就一屁股坐了下来——她已累得都没有胃口开斋解馋了。

尼基塔刚一就着幽蓝的灯光躺在羽绒褥子上，用羊皮袄盖住身子，耳朵里马上就灌满了细袅袅、冷幽幽的歌声："基督从死亡中复活了，他以死战胜了死……"于是他的眼前又浮现出那些白刷刷的木板墙，无数双流泪的眼睛，镀金的圣像前许许多多的烛光，和透过一团团云雾般上涌的蓝袅袅的香烟，显现在教堂蓝臻臻的圆顶下，在金光灿烂的星空中的一只展翅飞翔的鸽子。在装了铁栅栏的窗户外——是茫茫黑夜，而这唱着的歌声，有一种熟羊皮和大红布的气味，烛光反映在上千双眼睛里，西边那几道门打开了，人们举着神幡[①]，低着头走进教堂。整个一年里做过的所有坏事——在这一天里都得到了饶恕。长着雀斑鼻子、脑后带着两个蓝蝴蝶结的安娜，探过头来吻她的兄弟们……

第二天早晨，天气阴沉沉的，可是却暖洋洋的。教堂里祈祷前的钟声叮

① 是一种窄长的旗子，上面画有基督或圣徒像，悬在长杆上，在教会的队伍行进时擎举着。

叮当当地一齐敲响。尼基塔和彼得·彼得罗维奇家的孩子们，连那个最小的也在内，一起跑向公社的粮仓①旁边那片干枯的放牧地。那里人山人海，人声鼎沸，人们的服装五颜六色，应有尽有。男孩子们玩着"奇日克"②，玩着打棒和相互骑马的游戏。女孩子们围着各式各样的小披肩，穿着新崭崭的印花布打褶衣裳，坐在粮仓墙边的一堆原木上。她们每一个人的手里，都有一块手帕——里面包着葵花子、葡萄干和鸡蛋。她们嗑着葵花子，调皮地东张张西望望，不时开心地一笑。

浪荡鬼彼季卡靠着那堆原木的一端，手脚伸开懒洋洋地坐着，把一双靿上做出小褶的皮靴伸向前面，谁都不看，按着手风琴的键，演奏出一首古老的曲子，就像有人突然间在曼声说："哎哟，你呀，你呀，你呀！"

在另一道墙边，站着一圈孩子，正在玩着抛硬币猜正反面的游戏。他们每个人的手掌里，都握着一把黏黏糊糊的一戈比③铜币和二戈比铜币。轮到谁坐庄，他就把一枚五戈比的硬币霍地投在地上，啪地一脚踩住，嚓地一下用脚尖踢起来，让它升向空中，越飞越高，并且喊着："老鹰还是字儿？④"

就在这儿不远的地方，在毛茛已在去年的草里长出了茸茸嫩芽的地上，坐着一群女孩子，正在玩找鸡蛋的游戏：把一堆秕糠分成两半，其中一小堆藏着两个鸡蛋，另一小堆什么也没有——让别人去猜鸡蛋是在哪一小堆里。

尼基塔走到玩找鸡蛋游戏的那一群人跟前，刚刚从口袋里掏出一个鸡蛋，可是马上就听见了安娜在自己背后伏在耳边——真不知道她是从哪里这么及时地赶来的——悄声细语地说："听我说，您别跟她们玩，她们会欺骗您，会把您的鸡蛋全赢光的。"

---

①公社（мир），一译"村社""米尔"，是13～20世纪初俄国的农村公社，在这里土地公有，平均分配，并且定期重分，公社集体为社员个人承担责任，同时个人服从公社共同体的领导，集体劳动、耕作，收获的粮食存入公社粮仓，同时还实行民主管理，集体审判。这里的公社粮仓指的就是整个公社的人共有的粮食贮藏室。

②"奇日克"是俄罗斯的一种儿童游戏，其要领是：用棍子把另一根两头带尖的短棍往圈里打。

③俄罗斯货币主要有两种单位：卢布和戈比。1卢布等于100戈比。卢布往往是纸币，戈比则是硬币，最初以银铸造，后改为以铜铸造。因戈比上有拿长矛（копье，音为"戈比"）的骑士，因此得名戈比。

④旧俄硬币除了拿长矛的骑士，最突出的标志为：正面是老鹰，背面是字。此处意即"正面还是反面"，让别人来猜。

　　安娜用那双圆溜溜、毫无笑意的眼睛看着尼基塔，用满是雀斑的鼻子哄
地大声抽气。尼基塔于是走到玩打棒的男孩子们中间，然而，安娜又不知
道从什么地方钻了出来，从紧闭的嘴唇的一角冒出轻轻的咕哝："别跟这些人
玩，他们就想骗你，我听见他们说了。"

　　不管尼基塔走到哪里，安娜都紧跟在他后面，就像风中的一片落叶追着
他飞，在他耳边窃窃私语。尼基塔不知道她为什么要这样做。他感到非常扫
兴，也很是羞耻，并且看到，男孩子们已经开始在笑他并且用眼睛盯着他了，有
一个男孩子还冲他叫了起来："同女孩子们鬼混去吧！"

　　尼基塔走到绿涟涟、冷丝丝的池塘边。褐灰色的陡岸下，还摊着一些
正在融化的脏兮兮的雪。远处，白嘴鸦在丛林那光秃秃的高高树顶上上下
盘旋，哇哇大叫……

　　"请您听我说，"安娜又在他背后悄声细语了，"我知道黄鼠住在哪里，您
想去看的话，我们就一起去看看。"

　　尼基塔头都没回，只是怒气冲冲地使劲摇了摇头。

　　安娜又轻声说道："上帝作证，骗你的话就叫我瞎了双眼。您为什么不愿
去看看黄鼠呢？"

　　"我不去。"

　　"那么，您想——去摘些毛茛，揉在眼睛上，好让眼睛什么都看不见吗？"

　　"不想。"

　　"这么说，您是不愿意跟我玩啰？"

　　安娜噘起嘴唇，望着池塘，看着鳞波轻漾的绿粼粼水面。她那编得紧
紧的小辫子被风儿吹到了一边，她那满是雀斑的尖尖鼻子尖都变红了，她的
双眼噙满了泪水，眨个不停。尼基塔这下恍然大悟了：安娜整整一早晨追着
他，是因为她对他的那种感情，就像他对莉莉娅的感情一样。

　　尼基塔飞快地走向池塘陡岸的最高处。假如安娜紧跟着追上来缠住不
放的话——他就跳进水中，他觉得这太令人尴尬太叫人羞愧了。那种奇妙
怪异的话语，那种心有灵犀的眼神和意味深长的微笑，除了莉莉娅一个人，他

是无论和谁也不会交换的。而跟任何一个别的女孩子这样做——这已经就是背叛和无耻。

"一定是那些男孩子们在你面前诽谤我，"安娜说，"我要把一切都告诉妈妈……我会一个人去玩……我才用不着你呢……我还知道哪里有一些东西……而且这是一些很有意思的东西……"

尼基塔没有回头，他听着安娜嘟嘟囔囔，但没有让步。他的心非常坚定，是不会改变的。

春　天

你已经不能抬头去望太阳了，它从高空倾泻下一团团炫人眼睛的毛茸茸光流。蓝澄澄、碧汪汪的天空上，飘浮着一朵朵云彩，就像一片片白雪。春风吹送来嫩草和鸟巢的香味。

房子前面，那些香滋滋的白杨树上，爆出了一个个大嫩芽，母鸡们在太阳晒热的地方咯咯地叫着。花园里，绿草从晒得热乎乎的土里，像绿茸茸的公鸡，穿透腐烂的叶层，爬满了地面，整片草地都蒙上了薄薄一层白馥馥、金灿灿的小小星星。花园里的鸟儿每天都在增加。一只只乌鸫在树干间飞来跳去——它们跳动起来也是高手。黄莺在椴树上筑巢，它们都是一些绿艳艳的大鸟，翅膀上长着一团团金子一样黄灿灿的绒毛——它们忙乱着，用甜蜜悦耳的声音啾啾鸣唱着。

旭日刚一东升，屋顶上和鸟笼里的所有椋鸟①就都醒了，用百调千腔悠扬婉转地唱了起来：一会儿是夜莺的娇鸣，一会儿是云雀的欢唱，一会儿是它们冬季在海外听过的几种非洲鸟的嘶叫——那是一种讥笑嘲弄、不成音调的特别刺耳的声音。一只啄木鸟，像一块灰色的头巾，穿过嫩绿透明的白桦树丛，飞落到一棵树上，转过头来，朝上抬起它那红彤彤的冠子来。

就在一个阳光灿烂的星期天的早晨，从池塘边那些露水晶莹的树林

---

① 椋鸟科，包括八哥、鹩哥、椋鸟，等等，栖息于开阔地，在地面上步行或跳跃，喜结群活动，食性颇杂，有的能模仿它种鸟的鸣声和人语。

里，响起了杜鹃①咕咕的叫声：以一种忧伤、孤独而温柔的调子，为生活在花园里的小虫子及其他所有生物祝福。

"活着，爱着，该是多么幸福，咕——咕。可是我却孤零零地过日子，没有什么需要我照顾，咕——咕……"

整个花园都在一声不响地倾听着杜鹃的祝福。瓢虫，飞鸟，还有蹲在大路上、蹲在通向阳台的台阶上肚子一鼓一鼓、总是对一切感到惊奇的青蛙——大家都在尽力推想着自己的命运。杜鹃的歌声刚一停下，整个花园马上就吱吱、啾啾得更加欢快了，就连树叶也沙沙地唱起歌来。

有一次，尼基塔坐在大路旁水沟的边沿上，用手托住下巴，凝神观望着上游池塘岸上绿茸茸、平展展牧场里的马群。健壮的骟马垂下颈子，飞快地揪吃着短短的青草，不时甩动尾巴驱赶蚊蝇；母马们都回过头去看一看——自己的小马驹是否跟在身边？小马驹们抬起它们那膝盖粗圆、腿儿细长柔弱的四脚，在母亲四周小跑着，生怕离母亲太远，时常扑到母亲的肚子下面，尾巴一甩一甩的，吸吮着奶汁；在这样一个美妙的春日里，饱吸一顿奶汁，是多么香甜舒畅啊！

那些三岁大的母马们，离开了马群，在牧场上尥着蹶子，高声嘶叫，脚儿乱踢，头儿直摇，飞快地奔来跑去；有一匹开始躺在草地上打滚，另一匹张嘴龇牙，尖声嘶叫，想要咬它。

瓦西里·尼基季耶维奇穿着一件帆布大衣，坐着一辆四轮轻便马车，经过堤坝，沿着大路往前走。他下巴上的胡子被风吹得歪到一边去了，一双眼睛喜盈盈地眯缝着，脸颊上——还有一块污泥。他一看见尼基塔，就拉紧缰绳，把马勒住，并且说："这群马中你最喜欢哪一匹？"

"干什么呀？"

---

①杜鹃又叫布谷（在中国古代还有杜宇、子规等叫法），由于它的习性、生活方式和叫声都与众不同，因此俄罗斯民间关于它有种种传说，并且赋予它各种象征意义：象征忧愁的独身女人；被称为死亡的先知或预言者；代表着哀愁、伤感，等等。还有不少民间谚语与它有关，如："布谷鸟叫，苦难到"，"杜鹃咕咕，预报不幸"，"听到咕咕叫，心中直发慌，叫一声活一年，声声催命"，"杜鹃对人叫多少声，他就将活多少岁"。因此，小说下面马上写杜鹃给所有生物祝福，既写出它的孤独，又写出它的善良，它叫个不停，是为了让别的生物多活几年。

"什么也不干！"

尼基塔也像父亲那样眯缝起眼睛，伸出一个指头，指着一匹叫克洛皮克的深棕红色骟马——他很久以前就注意到它了，主要是因为这匹马脑袋漂亮，神情可爱，驯良，温和。

"就是这匹。"

"唔，太好了，你就继续喜欢它吧。"

瓦西里·尼基季耶维奇紧紧地眯起一只眼睛，吧嗒咂了一下嘴，晃了晃缰绳，那匹劲鼓鼓的公马就拉着马车，沿着平坦坦的大路轻快地走了。尼基塔望着父亲的背影：不对，他问我这句话绝不是无缘无故的。

升　旗

　　麻雀们叽叽喳喳的叫声吵醒了尼基塔。他躺在床上，凝神细听，一只黄莺在歌唱，这是多么甜蜜悦耳的歌声啊，就像从水中奏出的木笛声。窗户敞开着，屋子里散发着一种清新宜人的青草气味，阳光被湿津津的叶丛遮得如散金碎银，洒在墙上和地板上。一阵微风轻轻吹过，一颗颗晶亮的露珠洒落在窗台上。阿尔卡季·伊万诺维奇的声音从花园里传了过来："海军上将，赶快起床吧？"

　　"我正在起床呢！"尼基塔高声回答着，可是他又在床上躺了一会儿：一觉醒来，躺在床上，听听黄莺的鸣唱，看看窗外湿津津的叶丛，可真是一件美滋滋的事情啊！

　　今天，五月十一日，是尼基塔的生日，父母决定要为他在池塘上升起一面旗帜。尼基塔慢条斯理地——他不希望时间过得太快——穿上一件新崭崭的花格蓝衬衫，一条新簇簇的田鼠皮布[1]裤子，这条裤子非常结实，即使它被随便哪棵树的什么树枝挂住——它都不会被扯破。他就这样自我陶醉着，开始去刷牙。

　　餐厅里洁白清新的桌布上，摆放着一大束铃兰花，整个房子里香气氤氲，芬芳扑鼻。母亲把尼基塔搂到怀里，全然忘记了他那海军上将的军衔，竟然像一年没见到他似的，久久地看着他，并且亲吻他。父亲捋着胡子，骨碌碌地转动着眼珠，向尼基塔报告："我非常荣幸地报告阁下，根据格里高里历法[2]所提供的情况，并且根据全球天文学家的计算，今天您已经满整十岁，为了这项成就，特献给您这把带十二把刀刃的小折刀，这把小折刀对于海军工

---

①田鼠皮布是一种结实光滑的缎纹棉布，俗称田鼠皮布。
②是罗马教皇格里高里十三世1582年颁布的历法，即现在的公历，又叫新历——因原来用的是罗马皇帝尤立安所颁布的历法，称尤立安历法，又叫旧历。

作，或者丢失掉它，都非常适用。"

喝过早茶后，大家一起走向池塘。瓦西里·尼基季耶维奇煞有介事地鼓着腮帮，吹出了一段海军进行曲。

母亲被他逗得放声大笑，她提起裙子，以免下摆被露水打湿。阿尔卡季·伊万诺维奇肩上扛着船桨和长竿，走在他们后面。

池塘弯曲处那道宽绰绰的岸上，洗澡房的旁边，早已栽好一根顶上带着圆球的杆子。一只小船停泊在岸边，船上的红红绿绿在碧水中反映成一道道绿艳艳、红彤彤的条纹。小船阴影那边的水中，池塘的居民——水甲虫，小小的蝌蚪在游来游去。脚掌上长着毛茸茸垫子的水蜘蛛，在水面上来回飞跑。一群白嘴鸦从老白柳树上的窠中俯瞰着塘面。

瓦西里·尼基季耶维奇把自制的海军上将小旗帜绑在升降旗杆上——旗徽是一只红彤彤的青蛙，两条前腿张开，两条后腿站在绿油油的田野上。他又鼓起腮帮子，飞快地拉扯着绳子，让小旗帜沿着旗杆，飞升到杆顶的圆球下面，整个儿打开。白嘴鸦纷纷从窠里、从树枝上飞了起来，惊慌不安地哇哇大叫着。

尼基塔走上小船，坐下来把住船舵。阿尔卡季·伊万诺维奇荡起了船桨。小船吃水更深了，它摇摇晃晃地慢慢移动着，离开了塘岸，行驶在池塘那镜子一般的水面。这镜子般的水面，倒映着一棵棵白柳，一个个绿荫，一群群飞鸟，和一片片白云。小船滑行在水天相连处，漫游在水天一色中。在尼基塔的头顶，出现了一大团小小的蚊蚋，它们一窝蜂挤成一堆云，紧跟着小船飞上飞下。

"全速前进，开足马力，全速前进！"瓦西里·尼基季耶维奇在岸边高喊。

母亲使劲挥舞着一只手，哈哈大笑着。阿尔卡季·伊万诺维奇拼命地哗啦哗啦划起桨来，于是，从矮矬矬、绿茸茸的芦苇丛中窜出了两只鸭子，失魂落魄地呷呷大叫着，在水面半像飞翔半是游泳地向前狂奔。

"开过去，进行接舷战①，青蛙的海军上将！乌拉②拉拉拉！"瓦西里·尼基季耶维奇大喊着。

---

①接舷战是古代的一种水战法，即将船驶近敌船，钩住敌方的船舷，进行肉搏战。
②"乌拉"是俄语中十分常见的一个口语词，其意思因具体情况不同而有变化，一般来说，有两种基本意思：第一，是军队冲锋的呐喊，可译为"冲啊"，此处就是这种意思；第二，表示赞美的欢呼声，可译为"万岁""好啊"之类。

热尔图希恩①

热尔图希恩落在走廊和屋墙中间的角落里，太阳晒热的一块青草上，它惶恐不安地望着越走越近的尼基塔。

热尔图希恩把脑袋往后一仰，靠在背上，它那整个儿就是一长条黄线的尖嘴，搁在肥大的嗉囊上。热尔图希恩全身羽毛竖立，把一双脚收缩在肚子底下。尼基塔俯身向它的时候，它大张开嘴，想要吓退这个孩子。尼基塔把它捧在手中。这是一只羽毛还有点发灰的八哥，它显然是在试飞，从窠里飞了出来，然而那双笨拙稚嫩的翅膀支撑不住，于是掉在地上，躲到角落里，藏进叶子紧贴着泥土的蒲公英中。

热尔图希恩的心脏绝望地怦怦直跳。"我哎哟一声叹上一口气都来不及，"它想，"他就一口把我吃掉了。"它当然清楚地知道，自己是怎样吃掉那些蚯蚓、苍蝇和毛毛虫的。

小男孩把它举到嘴边。热尔图希恩感到有一层死的薄膜遮住了自己黑溜溜的眼睛，茸茸羽毛下的心狂跳起来。可是，尼基塔只是吹一吹它的头部，就把它带进屋里：这么说，他现在还饱饱的，要过一阵子才吃它热尔图希恩呢。

亚历山德拉·列昂季耶芙娜看见这只八哥，也像尼基塔一样，把它捧在掌心里，吹吹它的头顶。

"压根儿还是只小幼鸟呢，这可怜的小东西，"她说，"多么金黄的一张小嘴，热尔图希恩。"

---

①热尔图希恩在俄语中有"黄色"的意思，因此用作八哥的名字。也就是说它的得名是因为它那黄黄的小嘴。

他们把八哥放在一个开向花园、蒙着窗纱的窗台里。屋子里边的窗户下半截,也蒙上一层窗纱。热尔图希恩马上躲到角落里,极力表明,它不愿轻易送掉性命。

在屋外,在透明的白窗纱外边,树叶儿沙沙作响,一群令人蔑视的麻雀——这些小偷、爱欺负人的家伙,在灌木丛里吵闹不休,打成一团。同一道白窗纱的另一边,屋里,尼基塔正在盯着看,他的眼睛睁得圆溜溜的,骨碌碌地转动着,神秘莫测,而又让人心醉神迷。"完蛋啦,彻底完蛋啦。"热尔图希恩心想。

可是,尼基塔直到晚上都没有吃它,只是把许许多多的苍蝇和蚯蚓,从半截窗纱的上面扔了进来。"先把我喂肥啊。"热尔图希恩思忖着,斜眼看着那条没有眼睛的红红蚯蚓,它就在它的鼻子底下,像蛇一样盘成圆圈,"我不能吃它,蚯蚓是假的,这是一个诡计。"

太阳降落到树叶背后了。使人昏昏欲睡的灰蒙蒙的光线模糊了视线,热尔图希恩用爪子越来越紧地抓住窗台。眼睛已经什么都看不见了。花园里的鸟儿们全都沉寂无声。轻轻袭来一阵湿气和青草的甜蜜而催眠的香味。它的头越垂越低,慢慢垂进了羽毛里。热尔图希恩怒轰轰地竖起羽毛——以防万一,踉踉跄跄地往前走了几步,然后就坐在尾巴上睡着了。

麻雀们吵醒了它,它们叽叽喳喳,吵闹不休,还在一棵丁香树的树枝间打架。湿浸浸的叶丛在灰蒙蒙的光亮中垂挂着。一只椋鸟,在远处劈劈啪啪地跳上跳下,兴高采烈、悦耳动听地唱了起来。"我饿得再也受不了啦,我饿得都恶心想吐了——我很想吃东西,"热尔图希恩心想,接着就看见了那条毛毛虫,它的一半身子已经爬进窗台上的一条小小缝隙里,热尔图希恩跳到它身边,啄住它的尾巴,把它拖出来,一口吞下,"不错,这虫子真是美味可口。"

光亮渐渐变成蓝色。鸟儿们开始歌唱。就在这时,一道暖乎乎、亮闪闪的太阳光,穿过叶丛,照到了热尔图希恩的身上。"嘿,我们还活着。"热尔图希恩想着,跳起身来,啄住一只苍蝇,一口吞进肚里。

就在这时,响起了震耳的脚步声,尼基塔走了过来,从窗纱外边伸进一只巨大的手来:松开手指,在窗台上撒下一些苍蝇和蚯蚓。热尔图希恩惊恐万状地躲到角落里,猛地把一对翅膀全部扑腾开,紧紧地盯着那只手,可是那只手只是在它头顶停留了一下，接着马上就缩回到窗纱外边去了，然后又是那双神秘莫测、吸人魂魄、炯炯有神的眼睛在凝望着热尔图希恩。

尼基塔离开以后，热尔图希恩用小嘴理一理羽毛，心想："这么说，他不吃我啰，虽然他完全可以吃我。这么说，他是不吃鸟的了。唔，那就没有什么可怕的了。"

热尔图希恩饱餐了一顿，用尖嘴把羽毛清理干净，沿着窗台跳过去，望着窗外的麻雀们，看见了一只头顶羽毛脱了一块的老麻雀，就转动脑袋，吹起口哨，开始逗弄它：呋呦呦，叽里喳——叽里喳，呋呦——呦。老麻雀勃然大怒，竖起满身的羽毛，大张开嘴，向热尔图希恩飞扑过来——结果一头撞到了透明的窗纱上。"怎么样，得到惩罚了吧？就该这样。"热尔图希恩暗暗高兴，于是志得意满地在窗台里一摇一摆地走来走去。

随后，尼基塔又回来了，从窗纱外伸进一只手来，不过这次手里什么也没有，而且那么紧挨着它的头顶。热尔图希恩一跃跳起，竭尽全力朝他的手指拼命一啄，又迅速跳了回去，摆出一副作战的姿势。可是尼基塔只是大张开嘴，放声狂笑："哈——哈——哈。"

一天就这样过去了，没有任何可怕的事情，吃的东西很好，尽管有一点单调。热尔图希恩疲倦得没等黄昏降临，就心满意足地睡过了这一夜。

第二天早晨，它吃过早餐以后，就开始仔细观察怎样才能逃出纱窗。它把整个窗台都走了一圈，但没在任何地方找到一点缝隙。于是它跳到小碟子旁，开始喝水——嘴里吸满了水，就把脑袋往后一仰，一口咽下——一个小小圆球就顺着喉咙滚进肚里。

这是漫长的一天。尼基塔带来了蚯蚓，又用鹅毛把窗台打扫干净。然后，是一只秃顶的麻雀想要和一只寒鸦打架，于是寒鸦就那样使劲一啄——它就像一块小石子掉进树叶丛中，在那里竖起浑身的羽毛，朝上望着寒鸦。

不知道什么原因，一只喜鹊飞到窗户下面，喋喋不休地喳喳直叫，东跳西蹿，尾巴乱摇，忙忙乱乱，但没有一件事做得有条理、有意义。

一只红胸鸲①唱了很久很久，它温柔婉转地歌唱着热烘烘的阳光，歌唱着甜蜜的三叶草。热尔图希恩甚至感到忧伤起来，喉咙里有什么在咕噜咕噜地翻翻滚滚，很想唱出声来，然而，该在什么地方唱呢？当然，不应该在这小小窗子里，在这网兜般的牢笼里……

它又绕着窗台走了一圈，于是，看见了一个可怕极了的动物：它用四个短小、柔软的脚掌悄无声息地往前走着，肚皮慢慢贴着地板滑过。它的脑袋是圆圆的，稀稀疏疏的胡子硬硬地直竖着，可是它那幽绿幽绿的眼睛里，细窄的瞳仁里闪射出像魔鬼一样凶狠、阴险、可怕的恶光。热尔图希恩吓得蹲下身子，一动也不敢动。

这是猫儿瓦西里·瓦西里耶维奇，它轻轻地往前一跳，用长长的爪子紧紧抓住窗台的边沿——隔着纱窗看着热尔图希恩，并且大张开嘴……上帝啊……它那张嘴，比热尔图希恩的尖嘴还要长呢，嘴里还露出一只只獠牙……猫儿用爪子猛抓着，试图撕破窗纱……热尔图希恩的心往下直掉，翅膀也软软地耷拉下来……然而就在这时候——来得正是时候——尼基塔出现了，一把抓住猫儿脖子后面那块毛皮，把它向门外扔去。瓦西里·瓦西里耶维奇委屈地哀鸣几声，拖拉着尾巴，飞跑而去。

"没有哪种动物能比尼基塔更厉害啊。"这场惊险过后，热尔图希恩思量着，于是，等到尼基塔再次走近它身边的时候，它就让他抚摸自己的脑袋，尽管它依旧吓得坐在尾巴上。

这一天就这样过完了……第二天清早，欢天喜地的热尔图希恩再次把自己的住处巡视了一遍，竟然一下子发现了窗纱上的一个窟窿，那是猫儿昨天用爪子撕破的。热尔图希恩从窟窿里探出头来，东张张西望望，然后爬到外面，跳进轻轻飘荡的空气中，拼命拍打着小小的翅膀，几乎是紧贴着地板在飞。

到了门口，它升高一些，飞进了另一间屋子，它看见在圆桌旁边坐着四个人。他们正在吃东西——用手拿起大块的食物，放进嘴里。他们四个人都转过头来，一动也不动地凝望着热尔图希恩。它懂得，应该在空中停止前进，向后转过身来

---

①鸲是鸟类的一种，身体小，尾巴长，羽毛美丽，嘴短而尖。

飞行，可是难度如此之大的飞着转身——转身飞行它还不会，只好垂下翅膀，翻转身子，于是就栽落到桌子上，停在高脚果酱盘和糖罐之间……于是它马上就看见尼基塔正坐在自己面前。热尔图希恩不假思索，一跳跳到果酱盘上，然后又从那里跳到尼基塔的肩膀上，坐了下来，直竖起全身的羽毛，双眼就像蒙上了一层薄膜，看东西都有点模模糊糊的。

热尔图希恩在尼基塔的肩膀上坐了一阵，就振翅往上一飞，飞到天花板下面，捉住一只苍蝇，降落到墙角的一棵橡皮树上，又围着枝形吊灯飞过来飞过去，最后觉得饥肠辘辘了，就飞回到自己的窗子里去，那里早已为它准备好了新鲜的蚯蚓。

傍晚的时候，尼基塔把一个有门廊、小门和两扇小窗户的小木房子，放在窗台上。热尔图希恩很喜欢这个房子——房子里面黑糊糊的，它跳了进去，转悠了一阵，然后就睡着了。

就在这天晚上，猫儿瓦西里·瓦西里耶维奇因犯罪未遂，被锁在贮藏室里，一直在喵喵地大喊大叫着，把嗓子都叫得嘶哑起来，连老鼠都不愿捉了——只是坐在门边，那样喵喵地哀嚎着，一直叫得连它自己都感到讨厌起来。

这样，在这栋房子里，除了猫和刺猬，现在又住进了第三位禽兽王国的成员——热尔图希恩。它有着十足的独立精神，相当聪明，而且很有办法。它喜欢听人们谈话，于是，人们一围着圆桌坐下来，它就低着头侧耳细听，用歌唱一样悦耳的调子叫着"沙莎"，并且还鞠上一躬。亚历山德拉·列昂季耶芙娜坚信，它这正是向她鞠躬。只要一看见热尔图希恩，母亲就总是对它说："问好啊，问好啊，你这灰色的小鸟，精力充沛、活泼机灵的小鸟。"热尔图希恩立即跳到她那长裙子的曳地长后襟上，心满意足、洋洋自得地被裙子拖着走。

它就这样一直生活到秋天，它长大了，长了满身黑油油、亮闪闪的羽毛和一双乌黑发亮的翅膀，学会了一口流利的俄语，差不多整天都生活在花园里，不过，一到黄昏，就一如既往地回到窗台上自己的小木屋里。

八月里，野八哥把它引诱到它们的一群中，教会它飞翔，于是，等到花园里树叶开始飘零的时候，热尔图希恩——有一天，天才刚刚破晓——就随着一群候鸟，飞向海外，到非洲去了。

克 洛 皮 克

　　田野里春天的农活已经忙完了，果园已经锄过土，并且浇过水。在圣彼得日①到来之前，在割草季节来临之前，终于有了一段空闲的时间。干活的马儿现在都被赶进牲畜群里，送到池塘那边绿茵茵的牧场上。那里，每天早晨都会升起一片蓝幽幽的晓雾，使得一棵棵彼此孤独耸立的又粗又大的黑杨树，看上去就像从烟雾弥漫的空中生长下来似的——悬挂在土地上空。

　　米什卡·科里亚绍诺克紧跟着这群牲口，照料马儿。他坐在一个高高的高加索马鞍上，一双赤脚蹬入两边的马镫，脚掌不时滑出来，晃晃荡荡的。

　　米什卡飞驰过碧油油的草地，去追赶一匹离群的小母马，他大喊一声："阿扎特！"并且把鞭子抽得像打枪那样响。随后，当他骑的那匹没有缰绳的马，嚼子叮叮当当响着，开始去啃青草，米什卡就从马背上跳了下来，要么坐在水沟旁的土堆上，削着小木棍，要么把裤腿卷到膝盖上，走进池塘，在暖融融的水里拔芦苇的球茎和像蛇一样黑糊糊、长溜溜的芦苇根。球茎是酸溜溜、脆嘣嘣的。芦苇根饱含淀粉而且很甜，如果你吃得太多，那么你的肚子就会剧烈地疼痛起来。

　　尼基塔跟着米什卡·科里亚绍诺克在池塘里度过了一整天，并且跟他学会了骑马。跨上马鞍并不难：那匹长着栗色斑点的瓦灰色老骟马，温顺地站在那里，只是偶尔用一条后腿拍拍肚子，赶走那些马蝇。然而，等尼基塔骑了上去，拉住缰绳，让这匹灰马大走起来，它就开始时而向左倒时而朝右歪了。每当这匹灰马跑了三十来步的时候，就会突然啪地停下来，低头用它那厚厚的嘴唇去扯青草吃，尼基塔总得手忙脚乱地紧紧抓住马鞍的前桥，有时候甚至

_____
①圣彼得日在每年的6月29日。

从马脖子上滚到灰马前蹄边的地上，那匹灰马对此却无动于衷，全然一副若无其事的样子。

米什卡说："你不要胆怯，掉下来又不疼，只是要缩住脖子，千万可别用手去抓地——跌下来时要像球一样翻滚。我这就教给你看看，怎样不用马鞍，也不用笼头——纵身一跳，骑上飞跑。"

米什卡跑向一群还只有三岁、从来没被人骑过的小马，朝前伸出一只手，开始呼唤它们："来吃吧，来吃吧，来吃吧……"

一匹名叫明星的小母马向他走了过来，这是一匹娇生惯养、爱吃好粮食的母马，腿儿又长又细，深褐色的毛中夹着黑圆斑点，它竖起耳朵，用柔软的嘴唇来探寻麦粒。米什卡开始给它的脖子搔痒。明星开始点着它那端正的头——搔痒是很舒服的，于是，为了使米什卡感到高兴，它也开始用牙齿轻轻咬住他的肩膀。

米什卡抚摸着它，用手掌沿着它那像缎子一样光滑的背抚摸下去——明星惊慌地后退了一步，他一把抓住它的耆甲①，纵身一跃，跳到了它的背上。明星大吃一惊，怒气冲冲，猛地往旁边一蹿，摇晃着脑袋，尥着蹶子，身子往后一蹲，用两条后腿站了起来，然后，竭尽全力撒腿飞驰过那一群牲口。

米什卡骑在它背上，就像壁虱紧紧粘在它身上。突然，它在飞速奔驰中猛地站住，向后一退，高举前腿，用后腿直立起来。米什卡缩成一个圆球，滚到了青草上。他揩掉脸颊上擦出的血，微微瘸拐着走回到尼基塔身边。

"该死的母马把我径直抛到枯枝上了，"他说，"要是你，这可就不行了，你太胖了。"

尼基塔没有吭声，心想："哪怕摔掉了脑袋，我也要练到比米什卡骑得更好。"

吃晚饭的时候，他讲起了明星的事情，母亲立即忧心忡忡。

"听我说，"她说，"我请你千万不要走近没有驯熟的马，"说着她用哀求的眼光望着瓦西里·尼基季耶维奇，"瓦夏，至少你得支持我……总有一天，他会摔断自己的胳膊和大腿的……"

"这真好极了，"瓦西里·尼基季耶维奇对此回答道，"既然不准他骑马，最

---

①耆甲是马等颈子上的隆起部，即马鬐。

好也不准他走路——要知道他也可能摔破鼻子呀——干脆让他坐在罐子里，用棉花包起来，送到博物馆里去……"

"我早就知道会这样，"母亲答道，"我就知道，今年夏天我是不会有一刻安宁的……"

"沙莎，你应该明白，孩子已经十岁了……"

"啊呀，反正……"

"请原谅，我压根儿不希望，他长大以后，变成像某个斯柳宁佳依·马卡罗诺维奇①那样的孬种、倒霉蛋。"

"好吧，可这并不意味着，你马上就必须把克洛皮克送给他呀。"

"最重要的是，吃奶的孩子都能骑克洛皮克。"

"它可是钉了铁掌的。"

"不，我已经吩咐把铁掌给卸下来了。"

"嗨，既然这样，那你们就尽管随心所欲吧，去骑烈马吧，去摔破脑袋吧。"母亲眼里充满了泪水，她迅速地从桌子旁站起身来，走进卧室里。

瓦西里·尼基季耶维奇飞快地把大胡子朝两边捋顺，把餐巾啪地往桌子上一扔，就去追母亲。阿尔卡季·伊万诺维奇，一直静静地坐在那里，就好像这场谈话和他无关，这时他望望尼基塔，整一整眼镜，轻言细语地说："瞧，老弟，这情况可对你不利啊。"

"阿尔卡季·伊万诺维奇，请你告诉妈妈，我不会掉下马来的……说实话，我……"

"忍耐、沉着和坚定的性格，"阿尔卡季·伊万诺维奇敏捷地捉住一只苍蝇，它固执地老是想落在他的鼻子上，"这三种品性对于学会把马骑好，也同样重要……"

这时，卧室里一直在进行着大声交谈。父亲的声音低沉有力："在他这种年龄，男孩子已经完全可以自立了……""在哪里，在哪里，他们能自立？"

---

①斯柳宁佳依·马卡罗诺维奇出自哪本书哪个故事，不详，但从文中的意思可以知道这是一个十分懦弱、没有出息的人。

母亲用悲观绝望的声音问道，"在美国，男孩子就能自立……""这是一派胡言……""可你得相信我，在美国，十岁的男孩子的确就像我一样，已经完全自立了……""我的上帝啊，可咱们不是在美国呀……"

整整一个星期，都在一而再再而三地进行着关于男孩子自立问题的谈话。母亲已经做出了让步，她愁肠百结地看着尼基塔，就像他准会摔成重伤，只是希望他尽可能地保护好脑袋。

在这个星期里，尼基塔在池塘边的牧场里勤奋、用心地学着骑马。米什卡称赞他，并且又传授给他一个调马师的秘诀——随着马跑上几步，往它身上一跳，就像玩跳背游戏①那样，从马屁股跳到马背上。

"它永远也来不及尥蹶子把你颠下来，等它尥起蹶子来颠你的时候，你早已紧紧抓住它的耆甲了。"

终于，有一天在吃完早饭以后，阳台上那弯弯曲曲爬在绳子上的金莲花，把浮动的影子投射在桌布、盘子、人脸上时，母亲把尼基塔叫了过来，让他站在自己面前，愁戚戚地说："你该知道，你已经十岁了，你必须自立了，到你这个年龄，别的男孩子们已经完全，完全……"她的声音颤抖起来，她朝着父亲那边微微皱了皱眉，"总而言之，爸爸说得对，你已经不是小孩子了。"瓦西里·尼基季耶维奇低头看地，用手指砰砰砰砰地敲着桌子边。妈妈继续说："明天，我们打算到琴布拉托娃家去做客，如果你想骑马，那你可以骑着克洛皮克去……只是，我求求你，求求你……"

"妈妈，说实话，您尽管放心好了，我绝对不会出什么事的。"说完，尼基塔吻了吻母亲的眼睛、脸颊、下巴和散发着果酱气味的双手。

第二天，在吃过早饭以后，瓦西里·尼基季耶维奇吩咐尼基塔去拿他的马鞍——圣诞节送给他的那副英国造灰色麂皮马鞍，并且，在他们沿着青青草地走向马棚时，告诉他："你必须学会怎样刷洗马，给马戴上嚼子，装上鞍子，和骑完马以后——牵着马去遛一遛②……必须爱护马儿，让它干干净净，这样，你

①跳背游戏的规则是：参加者轮流从前面弯腰站立者身上跳过去。
②马儿在剧烈运动后浑身发热，跑完后牵马去遛遛，是为了让它的身体慢慢凉下来，这对马儿的健康很有好处。

就是一个出色的好骑手了。"

完全敞开的马车棚里，一辆带弹簧的四轮马车上套着三匹马。马车夫谢尔盖·伊万诺维奇穿着一件坎肩，套上深红色的套袖，头上却戴着一顶普普通通的男式便帽，他总是直到坐上他那赶车人的座位时，才戴上那顶装饰着羽毛的皮帽，他正在那里一边调整着拉边套①的马的后鞧②，一边骂着正在帮忙的阿尔乔姆："你把皮带套在它的胸脯下面干什么，真没见识！要知道，这是套外用的车啊。别动那根马具上的夹板绳，不要碰它。你只会把一只猫套在篮子上。"

"我可从来没有套过马。"

"姑娘们看不上你，就是因为你——真没见识。快把新缰绳递给我。"

辕马洛尔德·拜伦，用长长的皮带套在宽宽的车门上，咬着马嚼子，嗒嗒地跺着木地板，当谢尔盖·伊万诺维奇给它整理带金属饰物的笼头下着甲上的鬃毛时，用牙齿轻轻地咬住他的肩膀。车棚里弥漫着浓烈的皮革、健马的汗水和鸽子的气味。等三匹马都套好了，谢尔盖·伊万诺维奇笑眯眯地向尼基塔转过头来说："你想亲手装鞍子吗？"

克洛皮克已经从马厩里给牵出来了，尼基塔兴冲冲、乐陶陶地打量着它。

克洛皮克是一匹棕红色的骟马，一身刷洗得干干净净的，矮矮小小，壮壮实实，四条小腿上毛色各异，尾巴上的毛黑油油、密簇簇的，鬃毛也同样是黑油油、密簇簇的。额上一绺长长的鬃毛遮住了它的眼睛，于是它不时轻轻摇晃一下脑袋，透过鬃毛喜洋洋地看着。在它的背上，长着一长条黑毛。

"多好的一匹马呀。"谢尔盖·伊万诺维奇说着，把一桶水提到它面前。

克洛皮克饱喝了一阵，抬起头来，水从它那灰色的嘴唇上往下直滴。

尼基塔拿起笼头，按照别人教给他的方法，把嚼子从马嘴的一边塞进去，给它加上勒口。克洛皮克用牙齿咬住那块口衔铁。尼基塔铺好毡鞍垫，再盖上一件绣着花字③的灰色马被，在马被上面放上马鞍，并且开始勒紧马肚带——这种活儿他干起来可就不那么轻松了。

---

①拉边套也就是在车辕的侧面拉车。
②后鞧，一作"后秋"，是套车时拴在驾辕牲口屁股周围的皮带、帆布带等。
③花字是由姓名等的头一个字母组成的组合字。

"它鼓着肚子呢，" 谢尔盖·伊万诺维奇说，"狡猾的畜生，它把肚子给鼓起来了。" 于是他用手掌啪啪地拍打着克洛皮克的肚皮。骗马这才噗地吐出那口气来，尼基塔便把肚带勒紧了。

瓦西里·尼基季耶维奇走了过来，开始指挥："左手握住缰绳，在马的前面走过去，走到左肩膀。坐上去。用小腿部把马夹紧①。脚不要在马镫里动来动去，脚尖也不要往下钩。"

尼基塔坐上马背，用一条抖颤颤的腿找到了右边那只老是躲躲闪闪的马镫，用鞋后跟往马身上一磕，克洛皮克就径直大步奔进了马厩。瓦西里·尼基季耶维奇大喊："停住！停住！用右手的缰绳拉住它，真是个马大哈！……"

在马厩的阴凉处，站着克洛皮克。尼基塔羞愧得满脸通红，纵身跳下马，拉着缰绳，把它牵了出来，一路小声骂着这匹狡猾的骗马："猪，你真是一头猪，你这倒霉的傻瓜蛋！……"

克洛皮克乐不可支地不时摇一摇它额上的鬃毛。谢尔盖·伊万诺维奇走过来说："坐上去，我来牵它。多么狡猾的一头小骗马。它不愿干活，只想站在阴凉的地方。"

克洛皮克终于就范了，尼基塔骑着它，像急奔的狗那样快，矫健敏捷地飞驰过牲口棚。

谢尔盖·伊万诺维奇戴上那顶装饰着羽毛的皮帽，和一双涂过白粉的手套，坐在赶车人的座位上，威严地大喊一声："让开！"

抓住洛尔德·拜伦笼头的阿尔乔姆，赶忙跳到一边去，那辆三套马的四轮车，便猛地往前一冲，辚辚地沿着木地板，飞奔出了马车棚，马车的清漆和铜活儿闪闪发亮，拉边套的马蹄下飞溅起一团团新鲜的草泥，马身上成对的铃铛丁零丁零地响着，马车在绿茵茵的院子里画了一个半圆，停在房子的门外。

亚历山德拉·列昂季耶芙娜穿着一身雪白的衣裙，打着一把白色小伞，走下台阶，她惊慌不安地看着骑马飞驰向远方的尼基塔。父亲扶着母亲坐上马车，然后自己也跳了上去："出发！"

---

①原注：小腿部指骑手腿上从踝骨到膝盖的部分；用小腿部夹紧马，骑手就能驱使马往前走。

谢尔盖·伊万诺维奇把缰绳稍稍往上一抬。三匹膘肥体壮、出色可爱的马，接到勒紧的马嚼子传来的命令，轻轻松松地拉着马车奔跑起来，马蹄嘚嘚嘚嘚嘚地敲在小木桥上，拉边套的飞驰起来，整个马车于是跟着往前飞奔。洛尔德·拜伦明白，这一切——只不过是闹着玩，就转动竖起的耳朵，警惕起来。母亲一刻不停地四面张望：尼基塔已经丢开缰绳，微微弯着腰，竭尽全力飞奔着追赶马车。

他本想灵巧地从马车旁飞驰而过，但是克洛皮克却认为，这纯属多余，因此，当他们赶上马车并与它走齐的时候，它扭头转上大路，并且改成小跑，平平稳稳地紧跟着马车，走在一片尘土的云雾中。没有任何力量能够让它稍稍停住脚步，也没有任何办法能够叫它再转身离开大路：它认为这一切根本没有必要，既然骑马，那就得在大路骑，不要没事找事，多此一举。

母亲环顾四周，尼基塔紧抿着嘴唇，身子随着马的奔跑而摇摇晃晃，紧张兮兮地从马的两耳间观望着。飞扬的尘土令他感到极其讨厌，克洛皮克的小跑使他的胃翻江倒海般难受。

"你想到马车上来吗？"

尼基塔顽强地摇摇头。父亲笑呵呵地对谢尔盖·伊万诺维奇说："让出大路！"

洛尔德·拜伦竖起耳朵，把铁一样的腿转向旁边迈出，拉边套的马也全都转到了草地上，克洛皮克突然奔驰起来，但是马车已经走了很远了，于是，它怒火中烧，竭尽全力狂奔大跑——连吃奶的劲儿都使出来了，在极力疾驰。

平稳小跑那种极其难受的感觉消失了，尼基塔轻轻松松、稳稳当当地骑马飞驰，风在耳边呼啸，路旁的麦苗荡起一层层绿艳艳的波浪，亮丽的阳光下看不见的云雀用最本真的声音在歌唱……这几乎就像费尼穆尔·库柏小说里所写的那样美妙啊。

马车渐渐变成了慢慢行走。尼基塔气喘吁吁地追上马车，欢天喜地地望着父亲。

"很好吧，尼基塔。"

"太好啦……克洛皮克——真是一匹了不起的马啊……"

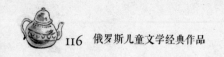

在 游 泳 池

有一天，一大清早，瓦西里·尼基季耶维奇、阿尔卡季·伊万诺维奇和尼基塔，沿着一条小路鱼贯而行，走过被盈盈露水蒙成灰蓝色的草地，到池塘——去洗澡。

晨雾依旧一团团一缕缕，挂在花园里密密稠稠的丛林间。在林间空地里，在一朵朵黄香莲和一丛丛白三叶草上，一大群蝴蝶像轻飘飘的树叶，一齐翩翩翻飞着，一只劳碌的蜜蜂，嗡嗡地到处飞舞。一只野鸽子在花园的密林深处咕咕叫着——它紧闭双眼，鼓起胸脯，甜蜜而忧伤地咕咕着什么，似乎就将永远这样咕咕下去：咕咕了一阵，稍停片刻，又重新咕咕起来。

瓦西里·尼基季耶维奇行过长长的、被池水啪啪拍击着的小木桥，走进用木板搭成的浴棚，坐在放在黑暗中的一张长凳上脱衣服，他轻轻拍拍自己毛丛丛、白皙皙的胸口和光滑滑的两肋，眯缝着眼睛，望着水里耀眼的反光，说："好啊，太好了！"

他那被太阳晒得黝黑的脸盘和油黑发亮的大胡子，就好像拼凑在他那白白皙皙的身体上似的。父亲的身上散发出一种特别好闻的健康香味。每当有苍蝇落在他的脚上或肩膀上，他就张开手掌，响亮地啪啪拍打，在皮肤上拍出一块块玫瑰红。燥热的身体凉下来后，父亲拿起一块香喷喷的肥皂，它很轻很轻，不会沉入水里，小心翼翼地踩着那架长满青苔、滑不唧溜的小木梯，慢慢走进游泳池——水只漫到他的胸口——开始使劲往头上和胡子上擦肥皂，鼻子噗噗地喷着气，一个劲儿地念叨："好啊，太好了！"

游泳池的顶上，一群蚊蚋飞舞在蓝幽幽的阳光中。一只斑蜻蜓飞了过来，它战战兢兢地用凸鼓鼓、绿莹莹的眼睛，看着瓦西里·尼基季耶维奇满是白花花肥皂泡的头，从旁边飞走了。阿尔卡季·伊万诺维奇这时也在匆匆忙忙、羞羞怯怯地脱衣服，他蜷缩起长长的脚趾，微微弯成钩形，打开浴棚的外门，四面张望了一下——看是否有人会从岸边看见他，用低沉的声音说："唔——呀，好啊——啊。"于是挺着肚子跳进池塘。塘水扑通一声朝两边分开，水花哗哗四溅，吓了一跳的白嘴鸦纷纷从树枝上飞起，而他以自由泳的姿势，向前游去，他那长满棕红汗毛的干瘦身体，在蓝漾漾的水里摇摇晃晃。

阿尔卡季·伊万诺维奇游到池塘中心，就开始翻起跟头来，他一个猛子扎入水中，再噗的一声浮出水面，嘴里发出水怪那样的声音："唉——卟——嗒——嗒——嗒……"

尼基塔蜷成一团坐在那条乌黑发亮的松木长凳上，等父亲洗完。瓦西里·尼基季耶维奇把肥皂和擦洗用的椴树内皮擦子放在楼梯上，用手指堵住耳朵，三次钻进水中，湿漉漉的头发都紧贴着他的脑袋，胡子耷拉在一起，就像一个楔子，整个这副面容，活像一个倒霉蛋，事实上，大家早已这样叫他："装扮成倒霉蛋的瓦夏。"

"唔，咱们开始游泳吧。"他说着，爬到外面的小木桥上，扑通一声重重地投进池塘，像青蛙那样游着，在清澈透明的水里慢慢分别划动双手和两脚。

尼基塔翻一个跟头飞扑进水里，追上父亲，同他并排向前游，等待着父亲的夸奖：今年夏天，尼基塔跟着男孩子们在恰格拉河洗澡时，已经灵巧地学会了游泳，他会侧泳，能仰泳，也学会了踩水，还可以在水下滴溜溜转着翻跟头。

父亲向他耳语道："我们去浸阿尔卡季。"

他俩左右分开，从两边包抄阿尔卡季·伊万诺维奇，阿尔卡季·伊万诺维奇由于近视看不清附近的东西。他们用自由泳的划臂游法游到他的身边，猛地朝他身上一扑。阿尔卡季·伊万诺维奇吓得吼叫起来，开始慌乱地左冲右突，从水里拼命探出身子，直到露出腰部，接着又潜入水底。他们试图抓住他的双脚，因为在这个世界上他最怕的就是搔痒。然而，要抓住他可并不是一件轻而易举的事，他总是每次都成功地逃脱了，于是，等到瓦西里·尼基季耶维奇和尼基塔回到浴棚里，阿尔卡季·伊万诺维奇早已穿好内衣，戴好眼镜，坐在长凳上了，他发出令人气恼的哈哈大笑："游泳，游泳，你们可还得好好学学呢，先生们。"

　　他们每次从池塘回来，总是遇见亚历山德拉·列昂季耶芙娜，她头戴一顶白洁洁的包发帽，身穿一件毛茸茸的长浴衣。母亲在灿烂的阳光下眯缝起眼睛，笑吟吟地说："早餐放在花园里，就在椴树下面。你们先吃吧，不要等我了——等我的话，那些面包可就凉啦。"

晴雨计指针

瓦西里·尼基季耶维奇已经一连几天都在用指甲嗒嗒地敲着晴雨计，并且低声咒骂着，晴雨计的指针老是固执地指着："干旱，大旱。"已经整整两个星期没有下过一滴雨了，而这正是庄稼成熟的时候。土地龟裂，天空蒙着一片炎腾腾的热气，显得蔫搭搭的，远处天边的地平线上，悬荡着一片昏黑的烟雾，就像马群扬起的尘云。牧场上的草都已晒得枯焦焦的，树上的叶子都已暗淡发干，开始卷曲，可是尽管瓦西里·尼基季耶维奇一而再再而三地嗒嗒敲着那个晴雨计，指针依旧执拗地指着："干旱，大旱。"

一家人围坐在餐桌边的时候，不再像以前那样说说笑笑了，父亲和母亲的脸上都是一副忧心忡忡的样子；阿尔卡季·伊万诺维奇也一声不响地望着盘子，不时整一整眼镜，尽力想以此来掩盖那些压得很低的叹息。可是，他有自己的特殊原因：城里的女教师瓦莎·尼洛芙娜，早已允诺到索斯诺夫卡来做客，却写了封信来说，她已被"病倒在床的母亲绊住"，只是希望深秋时节能在萨马拉城和阿尔卡季·伊万诺维奇见上一面。

尼基塔这样想象着这位瓦莎·尼洛芙娜：一个身材高挑、满面愁容的女人，穿着一件灰扑扑的短上衣，挂着一只带细链的表，一条腿被铁链锁在床脚上。在这样一个被热雾笼罩得昏蒙蒙、闷乎乎的日子里，想象一位城里女教师，坐在一张铁床的边上，呆呆望着空无一物的墙，真是特别令人苦闷。

吃中饭的时候，瓦西里·尼基季耶维奇在盘子上用手指按波尔卡舞曲的节奏叮叮地敲着，说："要是明天再不下雨——今年的收成就全完了。"

母亲立即低下头去。只听见一只苍蝇在一扇大窗子顶上，那里镶了两层从没擦过的半圆形玻璃，陷在蜘蛛网里，嗡嗡嗡嗡地叫着。通往阳台的玻璃门已经关上，以便挡住从花园里涌来的热气。

"莫非又要出一个荒年，"母亲说，"上帝啊，这太可怕了！"

"对啦，就这样吧：坐下来静候判处死刑吧，"父亲双手插进茧绸裤子的口袋里，走到窗子边，抬头望望天空，"又是这样一个该死的火烤火燎的一天，马上就会给你带来——一个饥饿的冬天，伤寒流行，牲畜死光，孩子夭折……真是莫名其妙。"

午餐在静默中结束。父亲去睡午觉。母亲被女工们喊到厨房里——请她清点浆洗的衣物。阿尔卡季·伊万诺维奇，大概是想让自己的心情变得糟糕透顶吧，独自一人动身到晒得烫脚的草原上散步去了。

正午时分，每一间房子都弥漫着不祥的寂静，只有苍蝇在嗡嗡不停，所有的东西都像蒙上了一层薄薄的灰尘。尼基塔不知道，哪里有个什么地方能让自己凑合着躺一躺。他走到台阶上。宽阔的院子泡在热蒙蒙但仍亮晃晃刺人眼睛的白色阳光下，空空荡荡，静静悄悄，一切都睡着了，万籁俱寂。在这极度的寂静和炎热中，他感到嗡嗡耳鸣，头昏脑涨。

尼基塔走进花园，可是，那里同样没有生气和活力。一只昏昏欲睡的蜜蜂在嗡嗡嗡嗡着。落满尘土的树叶，一动也不动地垂挂着，就像一片片铁皮。那条小船依旧停泊在池塘昏暗的深水处，上面白点点的，到处是白嘴鸦拉的屎。

尼基塔慢腾腾地走回家里，躺在一张散发着老鼠气味的小沙发上。大厅中间摆着一张没铺桌布的光光餐桌，露着一条条令人厌恶的细细桌腿。世界上再也没有什么东西比这张桌子更枯燥无味的了。远远的厨房里，女厨子在小声唱着歌——她在那里打扫卫生，大概正用细细的砖灰在擦着刀子，由于烦闷得要死，在压低声音嚎叫，嚎叫。

忽然，热尔图希恩从一扇半开着的窗户里飞了进来，落到窗台上，它的嘴巴大张着，实在是太热了。它喘息了一阵，缓过劲来，就从桌子上方直飞过来，坐在尼基塔的肩上。它转过头来，面对面地细看着尼基塔，一口啄向他的太阳穴，因为尼基塔的太阳穴上长着一粒黑痣，看上去就像一颗小麦粒——它感到不对，赶忙松口，又对着尼基塔的脸细看。

"别打扰我，求求你啦，走开吧。"尼基塔一边对它说，一边懒洋洋地站起来，在一个盘子里给八哥倒满了水。

热尔图希恩喝饱了水，跳进盘子里，开始洗澡，哗啦啦地溅得到处是水，然后就喜滋滋、乐悠悠地飞舞着，寻找一个抖净水滴、啄理羽毛的地方，于是就落在晴雨计的木套子顶上。

"呋呦，"热尔图希恩用柔和悦耳的声音说，"呋呦，暴风——风——雨。"

"你说什么？"尼基塔一边问着一边走到晴雨计跟前。

热尔图希恩坐在木套子顶上，深深地点一点头，垂下翅膀，用鸟语和俄语又叽里咕噜了好些话。就在这时，尼基塔突然发现，晴雨计刻度盘上的蓝针，已经远远离开了金针，在"变天"和"暴风雨"之间不停地颤动。

尼基塔用手指啪啪敲着晴雨计上的玻璃——蓝针朝"暴风雨"这个刻度靠得更近了。尼基塔朝图书室飞跑，父亲就睡在那里。他笃笃地敲着门。父亲用睡意沉沉、无精打采的声音漫不经心地问道："唔，什么事？到底有什么事？"

"爸爸，你来——看看晴雨计吧……"

"别打扰我，尼基塔，我正睡得香呢。"

"你去看看，晴雨计上有什么变化了吧，爸爸……"

图书室里静悄悄的，显而易见，父亲还不能马上从沉睡中清醒过来。终于，他的赤脚开始啪嗒啪嗒响起来了，门上的钥匙一转，就从门缝里伸出一把乱蓬蓬的大胡子来："为什么吵醒我？……发生了什么事？"

"晴雨计正指着暴风雨呢。"

"胡扯，"父亲吃了一惊，小声说道，接着飞跑进客厅，立刻叫喊得整栋房子都听得清清楚楚，"沙莎，沙莎，暴风雨！……乌拉！……我们得救了！"

睡意越来越浓，炎热越来越烈。鸟儿全都停止了歌唱，苍蝇都昏昏腾腾地聚集在窗户上。傍晚，低落的夕阳躲进了一片红彤彤的烟雾里。很快，就暮霭纷飞，夜幕降临。天空黑漆漆的一片——看不见一颗星星。晴雨计的蓝针坚定不移地指着"暴风雨"。一家人全都围坐在那张腿儿很多的圆桌边，轻声交谈

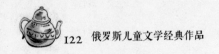

着，朝着阳台那扇敞开的门，观望黑糊糊一片的花园。

就在这死一般的寂静中，池塘上的白柳最早传来了消息，它们闷沉沉、重甸甸地沙沙响起来，接着传来白嘴鸦惊慌失措的叫声。父亲走到阳台上，走进一片黑暗中。喧嚣声越来越大，越来越高，最后，一阵迅猛的狂风，吹倒了阳台边的一株金合欢，把芳香扑鼻的气味吹进屋里，还带进了几片干枯的落叶。灯火在不很透光的乌光灯罩里闪闪烁烁，狂风怒号着，在烟囱和屋角呜呜呼啸。什么地方一扇窗户啪地吹开了，打碎的玻璃哗哗啦啦地响成一片。整个花园现在是众声鼎沸，大树的树干吱吱呀呀直响，黑蒙蒙的树顶沙沙摇荡。瓦西里·尼基季耶维奇从阳台上回来了，他头发蓬乱，大张着嘴巴，眼睛睁得又圆又大。紧接着一道白亮亮、蓝晃晃的耀眼闪电，照亮了茫茫黑夜，在这一瞬间，被狂风吹得低低垂向地面的树林，显露出了它们那黑簇簇的轮廓。跟着，又是一片浓黑。整个天空，轰隆一声，就倾泻下来。这轰隆的喧声，使谁都没有能听到，大颗大颗的雨滴是怎样打在玻璃上，又从玻璃上往下流的。大雨如注，铺天盖地，绵绵不断，倾盆而下。母亲站在阳台的门边，她的眼睛里泪水盈盈。潮湿、腐烂、雨水和青草的气味，弥漫着整个客厅。

一 封 短 信

尼基塔从马鞍上跳下来，把克洛皮克拴在一根花花绿绿柱子的铁钉上，走进乌捷夫卡村集市广场上的邮政分局。

邮政分局的分局长头发蓬乱，脸有些浮肿，坐在敞开的栏杆边，在一支蜡烛上烧熔火漆。他面前那张桌子上，到处是斑斑点点的一块块火漆和墨水污迹，上面还撒满了烟灰。他在信封上滴足了滚烫的火漆，就用毛茸茸的手抓起邮戳，啪地盖在火漆上，他敲得那样用力，大有想把寄信人的头盖骨敲碎之势。然后，他伸手到桌子的抽屉里摸索一阵，掏出一张邮票，伸出红红的大舌头，舔一舔邮票，把它贴在信封上，厌恶地啐上一口唾沫，这才用一双充血的眼睛冷冷地瞪着尼基塔。

这位分局长叫作伊万·伊万诺维奇·兰德舍夫。他有一个习惯，总是要读遍寄来的所有报纸和杂志：从头到尾一行一行地读下去，没有读完，决不送给订户。订户们不止一次到萨马拉去控告他，但他只是脾气变得更坏，依然故我地阅读他人的报纸、杂志。每年他都有六次喝得酩酊大醉，在他醉醺醺的时候，人们连邮政分局的门口都不敢跨进。在这些日子里，分局长总是要从窗口探出头来，喊得满市场都听见："你们伤透了我的心，你们这些该死的！"

"爸爸派我来取信。"尼基塔说。

分局长根本不搭理他，又忙着烧熔火漆，然而，有一滴火漆滴到了手上，他跳了起来，嚎叫一声，又坐了下去。

"难道我就必须知道，你爸爸是谁吗？"他声色俱厉地说，"这里每一个人——都是爸爸，这里大家都是爸爸……"

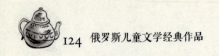

"您说的这是什么话呀？"

"我说的是——你可能有成千上万个爸爸。"分局长甚至气得朝桌子下面啐了一口唾沫。"姓什么？姓什么？我问你，你那个爸爸叫什么名字？"他把火漆往桌子上一扔，直到尼基塔回答以后，才从抽屉里拿出一把信来。

尼基塔把这些信放进布袋里，怯生生地问道："还有杂志、报纸没有？"

分局长开始绷起脸来。尼基塔不等回答，赶忙悄悄走到门外。

克洛皮克在邮局的拴马柱子旁跺着脚，用尾巴在身上啪啪地拍打着——驱赶那些爬满全身的苍蝇。两个小男孩，正在凝神观察这匹马，他们长着亚麻色的头发，脸上被克瓦斯[①]的残渣弄得脏兮兮的。

"让开路！"尼基塔坐上马鞍，朝他们大喊一声。

一个小男孩坐在尘土上，另一个转身就跑。尼基塔从窗口看见，那位分局长又拿起火漆在烧熔。

尼基塔从村里飞驰到草原上，走进一片金灿灿、黄澄澄、热烘烘的成熟麦浪中，让克洛皮克自由自在地慢慢行走，打开布袋，逐一查看那些信件。

其中有一封小小的信件，淡紫色信封上用大写字母写着："转交尼基塔。"里面的信写在花边信纸上。尼基塔激动得读信的时候眼睛直眨：

亲爱的尼基塔：

    我一点都没有忘记您。我非常爱您。我们现在就住在别墅里避暑。我们的这幢别墅十分精美。但是，维克多老是缠着我，烦得我没法安生。他不再听妈妈的话了。他已经三次用理发器剪光头发，而且整天东游西荡，满身是抓伤。我独自一人在我们的花园里玩。我们有一架秋千，甚至还有苹果，不过还没有成熟。您还记得那座有神奇魔力的森林吗？秋天到萨马拉我们家来做客吧。您的戒指我并没有丢失。再见。

莉莉娅

---

① 克瓦斯是俄罗斯一种用麦芽或面包屑制成的清凉饮料。

尼基塔把这封妙不可言的信，反反复复从头到尾读了好多次。圣诞节假期那些飞逝的美好时光又一一浮现在眼前。一支支蜡烛烛光闪烁。人影在墙上轻轻摇晃，那个大蝴蝶结，在小姑娘直盯盯、蓝汪汪的眼睛上方浮现出来，圣诞枞树纸链在沙沙作响，银亮的月光在结满冰花的窗户上闪闪发光。白雪皑皑的屋顶、银晃晃的树木、白茫茫的田野，全都浸泡在一种梦幻的光辉里……莉莉娅又两手托腮，坐在圆桌旁的灯底下……这真是魔幻奇景！

尼基塔站在马镫上欠一欠身子，啪地挥动鞭子——克洛皮克被这突如其来的动作惊得猛地往旁边一蹿，然后像狗一样飞快地奔跑起来。风在耳边无尽无休地呼啸着。一只苍鹰在翱翔——它盘旋在辽阔的草原上空，滑翔过成熟的、有些地方已经收割过的麦地，又悬浮在河岸边褐灰色的高高峭壁上方。一只只凤头麦鸡，在谷地的咸水湖畔，大声叫唤——如怨如诉，孤独凄凉。"飞跑啊，飞跑啊，飞跑！"尼基塔想着。他的心兔趪雀跃怦怦急跳。"呼啸吧，呼啸吧，风啊！……飞翔吧，飞翔吧，老鹰！……叫唤吧，叫唤吧，凤头麦鸡——我比你们更幸福。风陪伴我，风陪伴我……"

佩斯特拉夫卡的集市

　　瓦西里·尼基季耶维奇和母亲争吵了整整三天：父亲一心想去赶佩斯特拉夫卡的集市，母亲则坚决反对这趟外出："佩斯特拉夫卡那边，我的朋友，就是缺了你，生意照样能做得红红火火。"

　　"奇怪，"父亲一边回答，一边抓起一撮胡子，放进嘴里咬着，并且耸一耸肩，"这真是奇怪！"

　　"唔，随你的便吧，我的朋友，你要觉得奇怪就奇怪吧。"

　　"不，这可是最最奇而怪之的话，奇怪至极！"

　　"不过，我再一次告诉你，"母亲说，"我们不需要新马：谢天谢地，家里那些乘骑的马——都早已把马厩塞得满满的了。"

　　"可你到底要搞清楚，我去，只是为了卖掉那匹该死的母马扎列姆卡呀。"

　　"根本用不着卖，扎列姆卡是一匹很好的母马。"

　　"你说的是什么呀！"父亲叉开两腿，眼睛瞪得圆圆的，"扎列姆卡又咬人又向后跳起来摔人。"

　　"没有的事，"母亲理直气壮地说，"扎列姆卡既不咬人，也不向后跳起来摔人。"

　　"既然这样，"父亲甚至开始向母亲并足致礼[①]，"那我就公开声明：要么是这匹该死的母马留在家里，要么是我！"

　　最后，就像尼基塔预料的那样，母亲认同了父亲的意见。争吵在迁就和

————————
[①]并足致礼是欧洲男人特别是军人表示敬意的一般通用动作，即多半在握手前两足并齐，点头或微微鞠躬。

让步的情况下结束了：他们决定卖掉那匹母马，父亲也保证："在集市上决不疯狂地大把花钱。"

为了填补来回的开销，瓦西里·尼基季耶维奇打算运两大车被风吹落了的苹果，到佩斯特拉夫卡去零售。他还准许尼基塔和米什卡·科里亚绍诺克一起坐货车同去。

从一大早起，就开始遇到一件件障碍。首先是马没有备好，于是，米什卡·科里亚绍诺克只好骑着拉边套的马飞跑到池塘那边的洼地上，在白蒙蒙的朝雾中寻找隐约可见的马群。随后，等把那匹棕红色的、小腿上长着杂色短毛的扎列姆卡牵出马厩，开始用刷马的铁刷子给它刷洗的时候，这匹母马用牙齿咬住谢尔盖·伊万诺维奇——差点没把他咬死。父亲从窗口里看见了这一切，穿着睡衣就飞跑进马厩里："啊哈，咬人啦！……我早已对你们说过，这该死的畜生！……"

扎列姆卡开始后退，一屁股坐在地上，把紧拉着笼头的谢尔盖·伊万诺维奇拖了过去。它尖声嘶叫着，挣脱开来，低下头，猛地一尥蹶子，一团团泥土从它的蹄子下高高溅起，飞过马车棚，而后朝着马群飞奔而去。然后，突然发现阿尔乔姆失踪了，他可是到集市去的押车人啊。东奔西跑，到处寻找，这才发现他早在昨晚就已给关在乡拘留所里了：到一定的时候就得付清欠缴的税款，而阿尔乔姆已经足足拖了五年没有交付了，因此，上面命令不管在什么地方，只要一找到他，就把他关进拘留所，直到有人保他才能释放。

瓦西里·尼基季耶维奇赶忙派人送信给乡长。阿尔乔姆给保释出来了，于是他欢天喜地地开始用心套那两辆货车。货车套好后，就把扎列姆卡系在后一辆大车上。尼基塔和米什卡·科里亚绍诺克坐在前面那辆大车上。阿尔乔姆挥了挥缰绳的一端，货车就往前走起来了……"车轴，车轴啊。"谢尔盖·伊万诺维奇想开个玩笑，故意指着车轮高声大喊。阿尔乔姆从车上走下来，到处看了一遍——车轴好端端的，毫无毛病。他挠挠脑袋，摇摇头儿……终于，车子走起来了。

这一段旅程可真是妙不可言。微风轻拂，飘送来一阵阵艾蒿和小麦秆的气味，摇漾着田塍上高高的牛蒡草。平坦坦的草原上，放眼望去，到处林立着一垛垛干草，一只老鹰从草垛上飞起来，在天空中慢慢滑翔。远处，一股青烟袅袅升起——这是犁地的农民在帐篷里煮饭。

他们走到帐篷前——这是一间安在车轮子上的小木房。阿尔乔姆让马停住，接着他和男孩子们走到一只木桶跟前，喝着散发着木桶味、满是纤毛虫[①]的池塘水。给犁地的农民做饭的那个年迈的老人，走到货车跟前，一边用手扶着大车的搭接处，一边摇着没戴帽子的头说："你们是运苹果去卖吗？"尼基塔送给他一个苹果。"不啦，少爷，我没法咬动这东西啦。"

他们动身离开帐篷的时候，遇见了四个牧羊人；一群满头乱发、身穿粗硬衬衫的犁地的农民，赶着几头公牛正走过来——回来吃饭，公牛背着牛轭，拖着犁铧翻过来朝上的铁犁，摇摇晃晃地在他们前面走着。阿尔乔姆又勒住马，花了很长的时间打听——在哪里可以转上去佩斯特拉夫卡的大路。

将近中午的时候，微风停息了，滚滚热浪从远方草原的最边远处飞扑过来。尼基塔凝神细看，在云彩翻卷的这片蓝空中，一会儿看见一幢飘浮不定的房子，一会儿看见一棵高高悬挂在大地上空的大树，一会儿看见一艘没有桅杆的海船。货车辚辚地向前走着。蚱蜢在吱吱地叫个不休。接着，就听见草原上传来了均匀的、高低起伏的铃铛声。扎列姆卡往旁边一闪，在拴马的地方原地踏步。阿尔乔姆回过头来，眨了眨眼睛，说："我们的主人来了！"

很快，一辆三套马的马车从货车旁边飞驰而过，洛尔德·拜伦一副寻衅惹事的样子，迈着蹒跚的大步往前飞奔，另外两匹臀部下垂的拉边套的马，怒气冲冲地啃着地面。父亲身穿一件茧绸紧腰细褶长外衣，挺直身子双手叉腰坐在马车上；长长的大胡子被风吹得左右飘飞；他转过那双喜滋滋的眼睛来，对着尼基塔高喊一声："你想跟我走吗？"于是马车疾驰而去。

终于，白色教堂那两个圆顶，井边的取水吊杆，稀疏的白柳顶梢，一缕缕炊烟，一个个屋顶，都渐渐历历在目了；就在草原上那条褐灰里略带金黄、在

---

①是单细胞动物，属原生动物的一纲，身上有纤毛，是行动和摄取食物的器官，体形大小从12微米至3毫米不等。

阳光中闪闪发光的河流对岸，整个佩斯特拉夫卡村展现在眼前，而在村庄外面，又是一片牧场——那里用帆布搭起了一座座集市的临时售货棚，一群群牲口远远看去，像是一块块黑色斑点。

两辆货车快步飞驰过一座紧挨水面的晃晃悠悠的渡桥，绕过教堂前的广场，那里的一座粉红色房子里，一个胖乎乎的神父，在最边上的窗户里，拉着小提琴。货车转了个弯，奔向牧场上的临时售货棚，停在一排陶器货摊附近。

尼基塔站在大车上，细细观看：一个黑油油的胡子直长到眼角边的茨冈人①，穿着一件带银纽扣的腰部束带的蓝色长袍，前面敞开着，露出赤裸的胸部，正在那里察看一匹病马的牙口，而那匹病马的主人，一个瘦兮兮的男人，惊讶不已地望着这个茨冈人。那边，一个狡猾的老头子，用指甲梆梆地敲着一个画着一丛青草的罐子，正在劝说一个露出惊慌神色的女人买它。"可是，老爹，我根本不需要这种罐子啊。"女人说。"美人啊，这么漂亮的罐子——你就是找遍整个世界——也没法找到啊。"那边，一个醉醺醺的农民，站在满满一篮子鸡蛋旁，怒轰轰地大叫着："这是什么鸡蛋？难道这是鸡蛋吗？这都是一些干瘪瘪的蛋啊。我们科尔德班村的鸡蛋——那才叫鸡蛋呢，我们科尔德班村的母鸡吃谷粒直胀到喉咙边。"那边，走来一群女孩子，她们穿着红艳艳、黄花花的短上衣，披着五颜六色的小披肩，转弯走向帆布临时售货棚，那里一个个卖货人，把身子探出柜台来，大声叫卖着，招揽过路的人："上我们这里来，上我们这里来，大家都在我们这里买东西……"市集上空尘土飞扬，叫声、马嘶声响成一片。黏泥做的陶哨子嘤嘤地吹着。到处都翘立着货车那高高的车辕。那边，一个小伙子穿着一件肩部破烂的蓝衬衫，一边跟跟跄跄地往前走，一边使出全身力气拉着手风琴："哎哟，杜尼娅，杜尼娅，杜尼娅！……"

阿尔乔姆卸下马，开始从货车上解下车辕。正在这时，一个身穿警服、武装带上挂着军刀的人，走到他跟前，看了看他，摇摇头。阿尔乔姆也看着他，并

---

①茨冈人又称吉卜赛人，自称罗马尼人。这是一些由共同的族源和语言联系起来的民族集团，散居在世界上许多国家。其祖先是公元1000年末，来自印度的移民。人口总数有各种估计：从200万到600万。俄罗斯一向有不少茨冈人，大诗人普希金创作有著名长诗《茨冈人》。据1979年统计，俄罗斯当时有茨冈人20.3万。茨冈人操茨冈语，还会讲周围民族的语言。茨冈人酷爱自由，喜欢过漂泊的生活，一般以手艺、算命、占卜等谋生。

且摘下帽子。

"你以前被我捉过，你这流浪汉，"这个留小胡子的人说，"这回我一定好好收拾你。"

"随您的便吧。"阿尔乔姆回答道。

留小胡子的警察紧抓住他的胳膊肘，把他带走了。那个卖陶罐的狡猾老头望着他们的背影，嘿嘿笑了。米什卡·科里亚绍诺克忧心忡忡地小声对尼基塔说："赶快跑过去找你父亲，就说一个警察把阿尔乔姆抓到拘留所去了，我就在这里看着货车。"

尼基塔从熙熙攘攘的人群中挤了出来，穿过被压得实实的、长满茅草的田野，跑向露天马厩，大老远他就看见父亲的马车停在那里。父亲双手插在长外衣的口袋里，兴高采烈地站在一个露天马厩旁边。尼基塔刚一开口向他讲述阿尔乔姆事件，瓦西里·尼基季耶维奇马上就打断他的话："你去看看那匹枣红色的小公马吧……啊呀，多好的小公马呀，啊呀，真是个机灵鬼！……"

三个巴什基尔人①穿着完全褪了色的绗②过的棉长袍，带着有护耳的帽子，在露天马厩的马群中间奔来跑去，正极力用套马索去捉一匹机灵灵的棕红色小公马。可是那匹小公马耳朵朝后贴伏着，龇牙咧嘴，猛地跳开，闪过套马索，一会儿跑进密集的马群中，一会儿又跑到宽敞的地方。突然，它跪了下来，爬到栅栏的栏杆下面，耸身一拱，拱起了栏杆，然后就纵身跳起，飞跑出去，欢天喜地地朝芳草萋萋的草原大步飞驰，鬃毛和尾巴上的毛都被风吹得飘飘扬扬。父亲满心欢喜，不停地跺着脚。

那三个巴什基尔人，罗圈着腿，蜂拥向前，飞奔向那几匹用来乘骑的毛烘烘、矮墩墩的马，轻巧地跳到高高的马鞍上，骑马飞驰——两个追赶那匹深褐色的马③，第三个——拿着套马索——把它拦截住。小公马开始在田野上

---

①巴什基尔人是俄罗斯的一个少数民族，自称巴什科尔特人，操巴什基尔语，1979年时人口已达137.1万人。

②绗（háng），用针线固定面子和里子以及所絮的棉花等，缝时针线疏密相间，线大部分藏在夹层中间，正反两面露出的都很短。

③作者此处可能有误。此前，他已经两次写到这匹小公马是红色的：第一次父亲说它是"枣红色的"，第二次则描写它是"棕红色的"。这里，却说它是"深褐色的"（或"暗栗色的"）。

转来转去，可是它每次一转身，都会发现一个巴什基尔人像野人那样尖叫着，跃马截断自己的去路。小公马稍一迟疑，套马索就径直抛了过来套在脖子上。它怒火冲天，腾立起来，可是巴什基尔人用鞭子狠抽它的两肋，收紧套马索，拉得它呼吸都很困难。小公马摇摇晃晃，跌倒在地。它浑身颤抖，大汗淋漓，又被牵进露天马厩。一个满脸皱纹的老巴什基尔人，像个口袋一样喇地从马鞍上滚了下来，走到瓦西里·尼基季耶维奇面前。

"请买这匹公马吧，先生。"

父亲哈哈大笑着走向另一个马厩。尼基塔又开始向他讲述阿尔乔姆的事。

"哎呀，真烦人！"父亲长叹了一声，"真的，对这种蠢货我能有什么办法呢？给你——拿这十二戈比，去买几个白面包，一些鱼，在货车上等我……你知道吗，扎列姆卡，我已经卖给梅德韦杰夫了——虽然便宜，但很省事。快跑回去，我马上就来。"

可是这个"马上"，最终变成了一段相当漫长的时间。一轮浅橙色的圆溜溜夕阳已经悬挂在草原的边缘上，集市的上空弥漫着一片金灿灿的尘埃。教堂的钟当当地响起，催人去晚祷。只是到这个时候，父亲才露面。他的脸上露出一副困窘的神情。

"纯属碰巧，我买了一组骆驼，"他说，没有面对尼基塔，"便宜极了……可是，他们怎么还不派人来牵那匹母马呢？怪事。唔，苹果你们卖了不少吧？才六十五戈比？怪事。那就这样吧：让这些苹果见鬼去吧——我已经告诉梅德韦杰夫，把苹果作为添加的东西和母马一起给他……我们去搭救阿尔乔姆吧……"

瓦西里·尼基季耶维奇搂着尼基塔的双肩，领着他穿过在朦胧暮色中散发着干草、焦油和麦子气味的一辆辆货车，走过开始寂静下来的集市。那里有谁在高声歌唱，回声在草原里慢慢消散。一匹马也大声嘶叫起来。

"可你要知道，"父亲停下脚步，眼睛狡黠地闪着光，"回到家里，我一定会受到责骂……不过，这没什么关系。明天你会看到我们那新的三匹套马——全是满身斑点的灰马……多买少买，结果反正一样嘛……"

在 货 车 上

一天傍晚，尼基塔打完麦子后，坐着一辆装满新鲜麦秆的大车回家。窄窄的一线夕阳，就像秋天那样昏惨惨、红殷殷的，渐渐暗淡下去，在草原上空，在古坟高大的坟丘上方——这些古坟是游牧民族在荒远年代经过这里留下的痕迹。

蒙蒙暮色中，在空空荡荡的收割了的田地里，还可以看见一道道犁沟。耕地农民田间宿营帐篷的篝火在漫漫黑暗中红光闪闪，轻轻吹来一股微微发苦的轻烟。大车吱吱嘎嘎地响着，摇摇晃晃地往前走。尼基塔微闭双眼，仰卧在车上。周身泛起一种甜蜜的疲乏、愉快的酸痛。半睡半醒中，逝去了的这一天又浮现在他的记忆里……

……四对强壮有力的母马拉着完整的一套脱粒机在向前走。米什卡·科里亚绍诺克坐在中央主轴上面的一个座位上，慢慢转动着机器，不时吆喝几声，或者啪啪地抽上几鞭子。

随着木飞轮的转动，一条总是滚不完的皮带啪啪地响着，飞快地转进像房子那么大的红色脱粒机，捆草器和筛盘疯狂地颤动着。脱粒机的滚筒不停地滚动着，发出猛烈的吼叫，轰隆声震天动地，整个草原都能听见——它贪婪地大口吞进一捆捆铺开的麦子，把麦秆和麦粒分别送进尘埃飞扬的脱粒机中心。瓦西里·尼基季耶维奇亲自给脱粒机喂麦捆，他戴着一副保护眼睛的墨镜和一双直到胳膊肘的无衬里长皮手套，衬衫汗津津地紧贴在湿黏黏的背上——全身都蒙着灰尘，胡子上落满了麦麸，嘴上也黑糊糊的。吱吱呀呀响着的货车，又运来许多麦捆。一个小伙子迈开大步，跟着输送器奔跑，机器一把麦秆吐送出来，他就抱起满满的一大堆，站在木板上，快步把它扔到麦秸垛上。几个年迈的农民，用长长的木叉在整理、垛放麦秸垛。整整一年的操心、劳碌和忧虑总算结束了。整天都听得到歌声和玩笑声。阿尔乔姆正从货车上把麦捆扔到脱粒机的高板上，几个姑娘在大车的夹缝中捉住他，开始胳肢他——他最怕别人搔他的痒——他被推倒在地，衣服里塞满了麦麸。这可真是一个大玩笑！……

尼基塔睁开双眼。大车摇摇晃晃，吱吱呀呀地向前走着。草原上现在已经彻底黑漫漫的了。整个天空布满了八月的星座。高不可测、茫无边际的天空，蓝色在闪烁、波动，就像微风吹动了迷蒙的星尘。银河像闪亮的轻雾那样铺展在茫茫的夜空。躺在大车上，就像躺在摇篮里，尼基塔在星空下飘游，安详地凝望着遥远的世界。

"这一切——都是我的，"他想，"总有一天，我要坐上空中飞船，飞上太空……"于是他开始想象出一艘像蝙蝠那样有着一对翅膀的飞船，想象出天空黑幽幽的茫茫荒漠，和人所不知的行星那渐渐靠近的蓝色海岸——银白如雪的山脉，奇美神异的湖泊，一座座幻影般的城堡，一个个在水面上空飞来飞去的人影，和一片片夕阳西下时分的红云。

货车开始从小山往下走去。远处几条狗在汪汪地叫。从池塘里飘来一股湿气。大车驶进了院子。从房子的窗口，从餐厅里，照射出温暖、舒适的光亮。

远 行

深秋到了，大地准备休眠。太阳出来得越来越迟了，阳光晒在身上已没有了热力，这是一个衰老不堪的太阳——它在大地上已做不了什么事情了。鸟儿都飞走了。花园里空空荡荡的，黄叶飘零，遍地狼藉。那条小船已经被人从池塘里拖了上来，翻过来底儿朝上放在一个棚子里。

现在，每到早晨在屋顶投下大片阴影的那些地方，蒙着一层银霜的小草被冻坏了，变得灰苍苍的。鹅群踏过秋天黄绿相间、蒙着银霜的小草，走向池塘——每只鹅都肥嘟嘟的，像一个白色的大雪球，摇摇摆摆地成群走过。从村里走出十二个姑娘，在雇工住房附近的大木墩子上剁白菜——满院子都响彻着她们的歌声和剁菜声。杜妮雅莎嚼着一根白菜茎，从她们搅拌着黄油的地窖里跑了出来——入秋以来，她出落得更漂亮了，嘴巴红嘟嘟的，脸蛋红扑扑的，大家都知道，她跑到雇工的住房那里去，不是为了嚼白菜茎，也不是为了跟那些姑娘们说说笑笑，而是为了让年轻的雇工瓦西里从窗口看见她，他也像她一样——面色红润，身体健壮。阿尔乔姆垂头丧气，沮丧极了——坐在屋子里修补马颈上的夹板等套具。

母亲已经搬到过冬的那一半房子里去住了。屋子里已经生起了火炉。刺猬阿希尔卡把一些破布和废纸拖到碗柜底下，一心想给自己构筑一个冬天睡觉的安乐窝。阿尔卡季·伊万诺维奇在自己的房子里自得其乐地吹着口哨。尼基塔从门上的锁孔往里看——阿尔卡季·伊万诺维奇正站在镜子前面，捏着自己的胡子尖，若有所思地吹着口哨：显而易见——这个人打定主意要结婚了。

瓦西里·尼基季耶维奇已经派运麦子的货车到萨马拉去了，第二天他自己也跟着进了城。在出发之前，他和母亲进行了一次长谈。她正等着他的来信。

过了一个星期，瓦西里·尼基季耶维奇写信来了：

> 我已经卖掉了麦子，而且，请你想象一下吧——非常顺利，价钱卖得比梅德韦杰夫还好。遗产的事情，就像我们早已预料的那样，没有丝毫进展。因此，我强烈要求实施你曾坚决反对的第二个办法，那是不言而喻的了，亲爱的沙莎。今年冬天，我们再也不能在分别中度过了。我建议你们赶紧出发，因为这里的中学已经开学了。学校允许尼基塔作为特殊的例外，参加二年级的入学考试。顺便说一句，有人愿意卖给我两个美得令人惊叹的中国花瓶——非常适合摆在我们城里的住宅里；只是怕你生气，我暂时忍住没有买下来。

母亲没有犹豫多久。亚历山德拉·列昂季耶芙娜担心瓦西里·尼基季耶维奇碰巧手里攥着一大笔钱，特别是害怕他真把那两个家里谁都不需要的中国花瓶给买下来，这才迫不得已在三天内打定了主意并且准备好了行装。城里必需的那些家具，几个大箱子，几个装着腌制品的小木桶，各种小动物，母亲派货车给送去。她自己则和尼基塔、阿尔卡季·伊万诺维奇、厨娘瓦西莉萨，不带行李，轻装坐着两辆三套马车，走在前面。这是一个阴沉沉、风呼呼的日子。大路四周全是割过的庄稼地和耕过的田地，满目荒凉。母亲爱惜马，只让它们慢步小跑。他们在科尔德班镇的旅店里住了一晚。到第二天，将近中午的时候，教堂的圆顶、蒸汽面粉厂的烟囱，出现在草原平展展的边缘上，出现在灰蒙蒙的烟雾中。母亲默默无语：她不喜欢城市，也不喜欢城里的生活。阿尔卡季·伊万诺维奇心急如焚，不停地咬自己的胡子。他们费了好长一段时间，才跑过臭烘烘的炼油脂厂，驰过木材场，绕过尽是小酒馆和食品杂货铺子的脏兮兮的郊区，翻过一座夜里有郊区青年烂仔抢劫的宽阔的大桥，到了萨马拉河陡峭河岸上用原木建成的阴森森的粮仓，——疲倦不堪的马使劲往山上走，车轮在石头路面上轧得嗒嗒嗒嗒地响。穿得干干净净的行人，惊讶不已地打量着这两辆沾满泥巴的轻便马车。尼基塔感到，这两辆马车的外貌一定粗笨难看，滑稽可笑，这些马也是五颜六色、土里土气的农家马——哪怕躲开大路走也好啊！一匹乌黑的走马，拉着一辆漆光闪闪的轻便二轮马车，飞快地从他们身边走过，钉了铁掌的马蹄发出响亮的嘚嘚声。

"谢尔盖·伊万诺维奇，您为什么赶得这么慢呢，请赶快一点吧。"尼基塔说。

"就这样我们也会很快就到的。"

谢尔盖·伊万诺维奇从容不迫、郑重其事地坐在赶车人的座位上，轻轻控制住三匹马，让它们依旧用小快步往前跑。终于他们拐进了一条侧街，走过一个消防瞭望塔——它的小门边站着一个戴着希腊式钢盔的肥头大耳的小伙子——停在一座白色的平房前，它那生铁做成的台阶直伸到人行道上。从一个窗口里，探出了瓦西里·尼基季耶维奇那张兴高采烈的脸。他挥一挥手，就失去了踪影。过了一会儿，他亲自打开了前门。

尼基塔率先跑进屋里。那间空荡荡的小小客厅，糊着白雪雪的墙纸，显得亮闪闪的，散发着一股油画颜料气味，在油漆过的亮悠悠的地板上，紧靠墙根，摆着两个中国花瓶，外形就像盥洗用的带把高水罐。客厅的尽头，两根倒映在地板上的白溜溜的小圆柱架起一道拱门，一个穿棕色连衣裙的小姑娘从那里走了出来。她把一双手放在围裙后面，她那双黄色的皮靴也在光滑的地板上倒映出来。她的头发梳成一条辫子，两耳后面的后脑勺上，扎着一个白穰穰的蝴蝶结。一双蓝汪汪的眼睛严厉地望着前方，甚至严厉得稍稍眯缝着眼睛。这是莉莉娅。尼基塔在客厅正中忽然再也挪不动脚步，就像被紧紧粘在地板上一样。想必，莉莉娅猛然看到他也是同样的情形，就像大街上的行人看着他们那两辆远程四轮马车一样。

"您收到我的信了吗？"她问道。尼基塔点一点头。"它在哪里？赶快还给我。"

尽管那封信不在自己身上，尼基塔还是在口袋里东掏西摸。莉莉娅直盯着他的眼睛，全神贯注，怒气冲冲……

"我本来准备回信，但是……"尼基塔喃喃地说。

"信在哪里？"

"在行李箱里。"

"如果你今天不把它还给我——我们两个就从此一刀两断……我很后悔给您写了那封信……现在，我都已经读中学一年级了。"

她紧抿着嘴唇，踮着脚尖站在那里。直到现在，尼基塔才恍然大悟：自己本来早就应该写回信给莉莉娅的……他使劲咽下一口口水，从那镜子一样光滑的地板上挪动粘住的脚……莉莉娅马上又把双手藏到围裙后面，而把鼻子朝天仰得高高的。她用长长的睫毛完全遮蔽住一双眼睛，来表示自己的鄙视。

"请您原谅我，"尼基塔说，"我真是不好极了，我非常痛苦……这全都是因为那些马呀，收割呀，给麦子脱粒呀，米什卡·科里亚绍诺克呀……"他的脸涨得通红，深深低下头去。

莉莉娅一言不发。他对自己感到厌恶，就像厌恶牛粪一样。可是，就在这时，过道里轰响起了安娜·阿波罗索芙娜的声音，接着传来一阵问候声，接吻声，和车夫们搬运行李的沉重的脚步声……莉莉娅疾言厉色但急急忙忙地小声说："他们会看见我们的……您这个人真让人受不了……摆出一副欢天喜地的样子来呀……也许，我会原谅您这一次……"

接着她便跑进过道里。她那娇嫩的声音，清脆地传遍了这几间回声很响的空荡荡的屋子："您好，沙莎阿姨，欢迎您到萨马拉来！"

新生活的第一天就这样开始了。代替和平宁静、无忧无虑的乡村的逍遥自在的——是七间无人住过的窄憋憋的小屋子，窗子外面——是辘辘碾过鹅卵石路面的出租运货马车和忧心忡忡的人们，他们穿得都像佩斯特拉夫卡那个地方自治局派的医生维利诺索夫，总是竖起衣领堵在嘴巴前面，以挡住迎面吹来、卷刮着破纸和灰尘的风，匆匆忙忙地飞跑过去。到处都是忙忙碌碌、喧嚣嘈杂和焦急不安的谈话。甚至时间在这里也是另一种模样——快得像飞。尼基塔和阿尔卡季·伊万诺维奇在布置尼基塔的房间——分别摆好家具和书籍，挂好窗帘。将近黄昏的时候，维克多直接从中学来了，他说，五年级的同学躲在厕所里抽烟，他们的算术老师在教室里给紧紧粘住了，因为他一屁股坐在涂上了阿拉伯树胶的椅子上。维克多有了独立自主性，但也有点懒懒散散。他硬缠着尼基塔，要去了那把带十二把刀刃的折刀，然后，就去找"一个同学——

你不认识他”，玩去了。

黄昏时，尼基塔坐在窗户旁。城里的落日本来和乡村的——完全一个样。可是，尼基塔，就像关在窗纱里面的热尔图希恩，感到自己是一个被关起来的囚犯，一个陌生的异类——不折不扣、不差毫厘的一个热尔图希恩。阿尔卡季·伊万诺维奇走进屋里，他穿着大衣，戴着帽子，手里捏着一块散发着浓浓香水味的干净手帕。

“我走了，大约九点的时候回来。”

“您到哪里去？”

“去一个眼下还不属于我的地方。”他哈哈地轻轻一笑，“怎么样，老弟，莉莉娅是怎样迎接你的呢？大叉子直捅过来，太尖锐了吧……没关系，你应该成为一个有文化、懂礼貌的人。甚至，这在某种程度上还是一件好事——使你受点教训，减少一点乡下蠢气……”

他脚后跟一转，就转身走了出去。在这短短的一天里，他就完全变成另一个人了。

这天夜里尼基塔做了个梦，在梦中他看见自己似乎穿着一身带银纽扣的蓝色制服，站在莉莉娅面前，刚强地说：“这是您的信，拿去吧。”

可是在说这句话时他醒了过来，接着又睡着了，而且再次梦见，他怎样走过闪闪发光的地板，对莉莉娅说：“拿去吧，您这封信。”

莉莉娅那双长长的睫毛抬起来又垂下去，她那只自以为是的鼻子，表现出高傲和疏远，但是，那只鼻子和整个脸蛋，马上就改变了那种疏远的神情，并且开始大笑起来……

他醒了过来，环视着四周，一盏街灯把稀奇古怪的光亮，照射到屋里的墙上……于是，尼基塔又一次做了那个同样的梦。醒着的时候，他可从来没有这么强烈地爱过这个不可思议的小姑娘啊……

第二天早晨，母亲、阿尔卡季·伊万诺维奇和尼基塔一起来到中学，同那个校长商谈有关事情。校长是个精精瘦瘦、白发苍苍、端严方正的人，他身上散发出黄铜的味道。一星期后，尼基塔入学考试合格，开始在二年级上课。

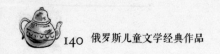

外国及中国关于
《尼基塔的童年》的一些评论

　　中篇小说《尼基塔的童年》是一部自传性的作品。这部小说反映了阿·托尔斯泰在俄罗斯乡村的贵族庄园的环境里经历的童年时代。

　　阿·托尔斯泰的童年是在坡沃洛日耶草原区的乡村里度过的。那里"有花园;有池塘,池塘里长满芦苇,周围长着柳树。草原上有条小河叫恰格拉。朋友们都是乡村孩子。可以常常骑马。平坦的草原上遍生着茅草,只有一些坟破坏了平直的地平线……季节的变换,常是那里的大事件……冬天来了,花园和房屋都盖上了雪,每天夜晚都传来狼的嗥叫"。阿·托尔斯泰在他的回忆录里这样讲过。

　　在这部"叙述许多美妙事物的中篇小说"里,阿·托尔斯泰怀着特别的热爱来描写那个"一去不复返的幸福而又幸福的童年的黄金时代"。

　　《尼基塔的童年》是阿·托尔斯泰1919年侨居巴黎的时候写

的。他在简短的自传里说他这段时期的生活是"最沉重"的生活。

在阿·托尔斯泰之前，也有人写过贵族庄园里的儿童生活的小说，例如阿克萨科夫的《孙儿巴格洛夫的童年》、列夫·托尔斯泰的《幼年、少年、青年》。

《尼基塔的童年》和《幼年、少年、青年》描写了两种不同的贵族家庭的童年。

这两种童年的主要区别是贵族家庭所处的地位。《尼基塔的童年》写的是俄罗斯第一次革命时期的贵族，这时的贵族已经失去了支配人民的力量和权势。

在《尼基塔的童年》里，我们看不见从农奴出身的效忠贵族家庭的那种"忠仆"，就像伊尔金也夫家庭里的娜塔丽亚·萨维斯娜那样，看不见白痴格里沙——他周围的老爷和仆人都认为可怜的对象，也看不见贵族比其他人优越的意识，在列夫·托尔斯泰的自传性的中篇小说里，这种意识把人明确地划分成"正派的"和"不正派的"。（《幼年、少年、青年》第三编第三十一章）

尼基塔跟乡村的生活（不管是儿童的生活还是成人的生活）有密切的关系。他跟米什卡·科里亚绍诺克、阿尔达蒙的儿子们、小铺子里的孩子们、斯捷普卡·卡尔瑙什金一块儿消磨时间，他们的理想变成了他的理想。他跟米什卡·科里亚绍诺克一起去点"小猫"——池塘底冒上来的沼气。他参加乡村孩子们的打架。他跟乡村里的孩子一块儿绕着贵族家庭里预备的圣诞树跑，唱俄罗斯的歌曲，在仆人的屋子里玩纸牌。复活节的第一天，他到工地上的粮仓去，那里"人山人海，人声鼎沸，人们的服装五颜六色，应有尽有"。他跟阿尔乔姆一起去赶集，市集上是"上空尘土飞扬，叫声、马嘶声响成一片。黏泥做的陶哨子嚯嚯地吹着。到处都翘立着货车那高高的车辕"。他跟雇工一道去打麦，"周身泛起一种甜蜜的疲乏、愉快的酸痛。半睡半醒中，逝去了的这一天又浮现在他的记忆中……"

小尼基塔在成长的过程中，随时向他的朋友们——乡村的孩子学习他们聪明的智谋。这种学习开始是在游戏和娱乐里进行的，在那些游戏和娱乐里，显示了米什卡·科里亚绍诺克的创造性，斯捷普卡·卡尔瑙什金和阿尔达蒙弟兄三人的力量和灵活性。尼基塔的一个城市里的朋友——中学生维克多，跟这些农民的孩子在一起，就显得很可笑，很笨拙，没有本领。阿·托尔斯泰用讽刺的手法塑造了维克多这个形象，借这个形象着重指出城市儿童不能适应生活这种特点在贵族里显得特别突出。阿·托尔斯泰以许多可笑的细节确定了尼基塔爸爸的性格的这一方面。他不善于经营家务，想出的办法都是荒谬的，对谁也没有用处。例如他养许多青蛙，让它们长得肥肥的，再拿到巴黎去卖；他从来就没有建筑过亭子，可是却买好了橡木的门窗；他从美国买来一批农业机器，这些机器却是一点也不结实。尼基塔爸爸这种并不是真正经营家务的庸人自扰的愚蠢举动，对于尼基塔是格格不入的。

大自然在尼基塔的生活里占着重要的地位。《尼基塔的童年》这部小说描写了一年中四个季节的特色和壮丽的景象。

它描写了冬天的疏松的白雪——盖满了乡村的"厚厚的雪"，描写了暴风雪，描写了深夜，"……那样的彻骨严寒，以致花园里的树木都发出喀喀的裂声，阁楼上的横梁啪啪地爆裂，声音是那么响亮，连整栋房子都给震动了，而每到早晨，人们总会在雪上发现一只只冻死的麻雀"；狼"钻进花园，坐在房子前面积雪的林间空地上，瞪着一双双绿幽幽、亮闪闪的眼睛，凝望着那些结满了冰花的黑糊糊的窗子，在冷浸浸的黑暗中，抬起头来，最初发出的是就像诉怨一样的低沉的呜呜声，接着便绷紧饥饿的喉咙，把声音提得越来越高，越来越大，越来越响，于是就变成了连绵不断的哀嚎——越嚎越高，越嚎越高，让人感到锥耳钻心，毛骨悚然……"这是冬天的景象。风暴的春天来了，最初是吞食了白雪的潮湿的风，从北方飞来的白嘴鸦的叫声，春天的暴雨，这一切都使尼基塔高兴。"夜间的雨声妙不可言……要是能穿过泥滑滑的两岸，在这种清粼粼、香洌洌的春水里，从一个沟渠游到另一个沟渠，再游过那个波光闪闪、在春风里荡起层层涟漪的大湖，那该多好啊。"春天是农忙的开始。尼基塔看见"铁匠铺里，人们正在熔接犁铧，修整犁具，给马儿钉马掌。粮仓里，人们在用铲子翻着发霉的粮食，惊动了一只只老鼠，扬起云雾般的尘土。一台簸谷机在棚子里呼啦呼啦地响着"。

闷热的夏天带来了可怕的灾害，旱灾毁坏了粮食作物，这是小尼基塔很清楚的。秋天，装着麦捆的大车轧轧地响着。"一个小伙子迈开大步，跟着输送器奔跑，机器一把麦秆吐送出来，他就抱起满满的一大堆，站在木板上，快步把它扔到麦秸垛上。那些年迈的农民，用长长的木叉在整理、垛放麦秸垛。整整一年的操心、劳碌和忧虑总算结束了。"

乡村里忙碌的一年就是这样过去的，生活在大自然里的人经历了辛苦，也感受到快乐。

尼基塔的生活里全是一些平常的孩子的事情和娱乐：学习、读书、快乐的圣诞节、突然发生的童年的爱情、对家畜的爱好。在父母的抚爱和教师的关心下，尼基塔在田野里、树林里、草地上自由自在地过着日子。他一离开乡村的舒畅环境（到城里去念书），就感觉到空虚了。"城里的落日本来和乡村的——完全一个样。可是，尼基塔，就像关在窗纱里面的热尔图希恩，感到自己是一个被关起来的囚犯，一个陌生的异类……"

小说很明显地表现了尼基塔的真正的教育者——跟他接触的乡村里的人们以及充塞在他生活里的俄罗斯大自然。在这种环境里成长起来的，不会是消极的、沉溺于幻想境地的奥勃洛摩夫，而是以积极的、活泼的精神对待生活的俄罗斯人。

《尼基塔的童年》和列夫·托尔斯泰的《幼年、少年、青年》是两部彼此呼应的关于童年的中篇小说。不过在这种呼应里，我们可以看出阿·托尔斯泰的小说有一种鲜明的新的格调。跟列夫·托尔斯泰的小说对照，这种新的东西就是充满在小尼基塔心灵里的关心和热爱普通俄罗斯人的感情。尼基塔跟莉莉娅在城里见面的时候，他很率直地承认，贯穿在他乡村生活里的一切，比他对她的爱情更加有力。尼基塔这样解释他没有回她的信的原因："'请您原谅我，'尼基塔说，'我真是不好极了，我非常痛苦……这全都是因为那些马呀，收割呀，给麦子脱粒呀，米什卡·科里亚绍诺克呀……'"

尼基塔看见他的力量和灵敏得到别人尊重的时候，他感到说不出的满意。斯捷普卡·卡尔瑙什金跟他的友谊就是由于承认他的这些特质才增长起来的。这一点在阿·托尔斯泰真实地描写儿童生活的一段插话里传达得很出色："粮仓背后站着斯捷普卡·卡尔瑙什金。尼基塔走到他面前，斯捷普卡皱着眉头看着他。

"'你打得我好痛，'他说，'愿意交个朋友吗？'

"'当然愿意。'尼基塔赶忙回答。

"两个孩子，笑盈盈的，你看着我，我看着你。斯捷普卡说：'我们交换点礼物吧。'

"'好的。'

"尼基塔心想，应该给他点自己最好的东西，于是，就送给斯捷普卡一把有四片刀刃的小折刀。斯捷普卡把它塞进口袋，并从里面摸出一个铅铸的羊拐子——灌满了铅的羊拐子玩具。

"'给你。千万别丢了，它值很多钱呢。'

《尼基塔的童年》整部小说都充满了对待生活的愉快和乐观的态度。尼基塔在一个稳定而和睦的家庭里度过的童年，具有各种各样的快乐，对于大自然、对于顺利地完成了田间工作的人们的劳动，他也有一种快乐的感情，这种感情渗入了他童年的各种各样的快乐里。所有这一切形成了一种朝气蓬勃和勇往直前的气氛，贯注在尼基塔的生活里。由于聪明的、意志坚强的小尼基塔具有坚强的性格，活泼、积极的生活态度，尊重和热爱劳动人民的感情，所以他跟现代的读者是很接近的。

　　——［俄］格列奇什尼科娃《苏联儿童文学》，张翠英、丁西成译，中国青年出版社，1956 年版，第 187～192 页。书中引用的小说中的文字已改成新译的

十月革命后，阿·托尔斯泰创作的又一主题是对童年的回忆。他的自传体中篇小说《尼基塔的童年》既是作者对童年的诗意的叙述与回忆，又是作者侨居国外对祖国怀念的思绪的独特反映。这部小说展示了一个儿童尼基塔在贵族庄园里的成长过程和生活面貌。作者着力描绘出俄罗斯美丽如画的自然景色，孩子的童年时代的心理特征，他的伙伴以及他们的嬉戏等。作者说："我一提起笔，似乎有一扇可以望到遥透过去的窗子打了开来，孩提时代感受过的那种心醉神往、那种淡淡的哀愁，那种对大自然的敏锐感觉，又一齐涌上了心头。"因此，《尼基塔的童年》不

仅带有自传性，而更重要的是表达了作者的思乡之情。

    ——雷成德主编《苏联文学史》，辽宁人民出版社，1988年版，第273～274页

这部小说再现了阿·托尔斯泰在索斯诺夫卡的早年生活，表明在异国他乡漂泊的作者对故土的思念和回忆，对俄罗斯的深沉的眷念之情。

小说表现了一个孩子对周围一切的欢乐的感受，将读者带进了一个童稚的美好印象和感情真挚的世界。读者随主人公尼基塔听老师的课、做滑雪车、跟村童打架玩耍、准备过圣诞的枞树、跟父亲一起赶集，就是通过这些琐事趣事展示了作品的明快基调。作者对一个九岁儿童形象的塑造很成功，细腻地表现了儿童的心理状态和丰富想象力。例如，尼基塔在演算枯燥乏味的算术题时，"这个算术书里的商人在他的脑海中浮现出来。他穿着一件满是灰尘的常礼服，有着一张黄蜡蜡、阴沉沉的脸儿，闷闷不乐，单调呆板，憔悴不堪。他那个小店铺黑洞洞的，就像一个地下洞穴；那灰塌塌的平坦货架上，放着两块呢绒"。

阿·托尔斯泰通过主人公尼基塔和村童们的友谊来表现他。尼基塔对米什卡十分佩服，米什卡很有办法，"把戴在手上的连指皮手套的指尖部分浸在水里"，这样打架能发挥作用。打架时米什卡领着尼基塔一伙冲向对方，"像一堵墙一样"，把对方"飞赶过五六个院子，直到他们全部躺下"。尼基塔家里来了一个做客的中学生维克多，在他看来虽然客人能"一只手就把马卡洛夫词典举起来"，也比不上米什卡小羊倌形象高大。

一些极其普通的日常生活现象通过一双孩子的眼睛去观察，

通过孩子小小的心灵去感受就显得格外美。例如尼基塔看到窗上的冰花是那么富有魅力："透过玻璃窗户上寒气凝成的种种冰花花纹，透过那些神异地描画出来的银灿灿的星星和手掌形的叶簇，闪闪的阳光照了进来……洗脸盆反射出一大块光斑，在墙上滑来滑去，颤个不停。"

当尼基塔玩滑雪车时，那股高兴劲儿也显得很有感染力："两脚蹬了两次，滑雪车就自动从山上向下飞滑。风儿在两耳旁大声呼啸，雪尘在两边升腾成云雾。唰唰下滑，不断唰唰下滑，快得就像箭一样。突然间，就在直壁壁河岸上积雪的尽头，滑雪车一下子飞驰到空中，又落到冰上滑行。"这一切都是作家阿·托尔斯泰家乡特有的景象，当他写到这些趣事时肯定沉浸在甜蜜的回忆中了。

阿·托尔斯泰在《尼基塔的童年》中描写了家乡每个季节的美：春天——"房子前面，那些香滋滋的白杨树上，爆出了一个个大嫩芽，母鸡们在太阳晒热的地方咯咯地叫着。花园里，绿草从晒得热平平的土里，像绿茸茸的公鸡，穿透腐烂的叶层，爬满了地面，整片草地都蒙上了薄薄一层白馥馥、金灿灿的小小星星……黄莺在椴树上筑巢……它们忙忙乱乱着，用甜蜜悦耳的声音啾啾鸣唱着。"夏天——"晨雾依旧一团团一缕缕，挂在花园里密密稠稠的丛林间。在林间空地里，在一朵朵黄香莲和一丛丛白三叶草上，一大群蝴蝶像轻飘飘的树叶，一齐翩翩翻飞着，一只劳碌的蜜蜂，嗡嗡地到处飞舞。"秋天——"尼基塔睁开双眼。大车摇摇晃晃，吱吱呀呀地向前走着……整个天空布满了八月的星座。高不可测、茫无边际的天空，蓝色在闪烁、波动，就像微风吹动了迷蒙的星尘。银河像闪亮的轻雾那样铺展在茫茫的夜空。"冬天……

阿·托尔斯泰不仅通过小主人公周围的人来衬托他，还通过家禽家畜来表现他的性格和心理活动。"猫儿坐在擦洗得干干净净的地板上，眯缝着眼睛，伸出那条像手枪一样的后腿，在起劲地把它舔干净。猫儿既不会感到寂寞无聊，也不会觉得欢天喜地，它没有必要急急忙忙。'明天，'它想，'又是你们，又是你们人类的——日常工作日了，你们又得做算术题，又得做听写练习了，而我这个猫呢，没有假期庆祝什么节日，没有写过什么诗……'"

阿·托尔斯泰把八哥热尔图希恩和人们盼望甘霖的心情联系起来写，把鸟儿的灵性全写出来了。热尔图希恩啄尼基塔太阳穴上的黑痣，"它感到不对，赶忙松口，又对着尼基塔的脸细看"。尼基塔对八哥的动作很厌烦，主要是干旱使他心烦意乱，他呵斥它："别打扰我，求求你啦，走开吧。"接着给鸟食盆里倒满了水。

"热尔图希恩喝饱了水，跳进盘子里，开始洗澡，哗啦啦地溅得到处是水，然后就喜滋滋、乐悠悠地飞舞着，寻找一个抖净水滴、啄理羽毛的地方，于是就落在晴雨计的木套子顶上。"结果它发现了什么，柔和地叫着："吱呦，暴风——风——雨。"主人听到鸟儿的报告，才注意到："晴雨计刻度盘上的蓝针，已经远远离开了金针，在'变天'和'暴风雨'之间不停地颤动。"读者读到这里也不禁会发出赞叹：多么通人性的小东西啊！

当然，写得最精彩的地方要数圣诞节那一段："母亲从墙角上一个放家庭药品的柜子里，取出一罐淀粉，倒了大约一茶匙在玻璃杯里，再往里面倒进两茶匙冷水……母亲把茶炊里滚开的水浇到浓粥上，用茶匙不停地使劲搅拌……这样就做成了非常好的糨糊。"

"……母亲打开箱子，拿出里面的东西：有一张张金灿灿的平溜溜压花纹纸，有一张张银晃晃的纸、蓝莹莹的纸、绿沉沉的纸、黄澄澄的纸，有高级纸板，有一盒盒蜡烛、一盒盒圣诞枞树上用的烛台、一盒盒小金鱼和小金鸡、一盒盒穿在线上的空心玻璃珠，还有一盒盒顶上带着银色环扣的实心玻璃珠……另外还有一盒盒响炮，一束束金线银线，一只只镶着五颜六色云母格子和一颗大星星的灯笼。"圣诞节枞树上的这些装饰品烘托出了浓厚的节日气氛，这一切让人目不暇接，其实不过是个铺垫。

包括主人公尼基塔在内的孩子焦急难耐地听到大人们在邻近的客厅里"解开一些包着的东西，把什么放在地板上"。映入他们眼帘的是"那棵圣诞枞树，从地板直顶到天花板，全身都有许多许多、许多许多蜡烛，在闪闪发光。它就像是一棵火树，闪烁着金光，放射出火花，流溢下一片浓浓的光彩。一片散发着针叶、蜡油、柑橘、香料蜜糖饼干味道的浓乎乎、暖熏熏的光彩"。

《尼基塔的童年》字里行间表现了阿·托尔斯泰难排的乡愁，看出他对故乡一草一木的眷恋。这是作者最富有诗意的作品之一，他在自传中曾谈过："我打算在这些故事里，用童话的形式来描绘我儿童时代的印象。可是，过了许多年以后，我才在中篇小说《尼基塔的童年》里比较完满地做到了这一点。"著名美国评论家斯洛宁认为这部小说是一个"优美动听的故事"，阿·托尔斯泰将"俄罗斯民族性格及俄国的富有诗意的形象同一个孩童眼中看到的世界结合在一起"了。

这部中篇小说里塑造了许许多多生动的普通人的形象，从这些在俄罗斯土地上劳动、生活着的人身上，可以看出作者对俄罗斯人民的力量充满了信心。

——《一个伯爵的历程——阿·尼·托尔斯泰的生平与创作》，岚沁编译，北京大学出版社，1987年版，第126～129页。书中引用的小说中的原文已改为新译的